오발탄

아시아에서는 《바이링궐 에디션 한국 대표 소설》을 기획하여 한국의 우수한 문학을 주제별로 엄선해 국내외 독자들에게 소개합니다. 이 기획은 국내외 우수한 번역가들이 참여하여 원작의 품격을 최대한 살렸습니다. 문학을 통해 아시아의 정체성과 가치를 살피는 데 주력해 온 아시아는 한국인의 삶을 넓고 깊게 이해하는 데 이 기획이 기여하기를 기대합니다.

Asia Publishers presents some of the very best modern Korean literature to readers worldwide through its new Korean literature series 〈Bilingual Edition Modern Korean Literature〉. We are proud and happy to offer it in the most authoritative translation by renowned translators of Korean literature. We hope that this series helps to build solid bridges between citizens of the world and Koreans through a rich in-depth understanding of Korea.

바이링궐 에디션 한국 대표 소설 **110**

Bi-lingual Edition Modern Korean Literature 110

A Stray Bullet

이범선
오발탄

Lee Beomseon

ASIA
PUBLISHERS

Contents

오발탄

A Stray Bullet

계리사(計理士) 사무실 서기 송철호(宋哲浩)는 여섯 시가 넘도록 사무실 한구석 자기 자리에 멍청하니 앉아 있었다. 무슨 미진한 사무가 있는 것도 아니었다. 장부는 벌써 접어 치운 지 오래고 그야말로 멍청하니 그저 앉아 있는 것이었다. 딴 친구들은 눈으로 시곗바늘을 밀어 올리다시피 다섯 시를 기다려 후닥닥 나가버렸다. 그런데 점심도 못 먹은 철호는 허기가 나서만이 아니라 갈 데도 없었다.

　"송 선생님은 안 나가세요?"

　이제 청소를 해야 할 테니 그만 나가달라는 투의 사환애의 말에 철호는 다 낡아빠진 해군 작업복 저고리

Six o'clock had come and gone, but Song Ch'ŏrho, a clerk in a public accountant's office, was still sitting at his desk in the corner. There was no unfinished work to do—he had long since closed the account books. All the others had waited, their eyes pushing the minute hand, and then scurried away at five o'clock. Ch'ŏrho, who had gone without lunch, was hungry and had no place to go.

"Aren't you going, sir?"

The tone in the office boy's voice was saying: 'How about leaving now so I can clean up.' Ch'ŏrho withdrew his hands from his threadbare navy fatigue jacket.

호주머니에 깊숙이 찌르고 있던 두 손을 빼내어서 무겁게 책상 위에 올려놓았다.

"나가야지."

하품 같은 대답이었다.

사환애는 저쪽 구석에서부터 비질을 하기 시작하였다. 먼지가 사정없이 철호의 얼굴로 몰려왔다.

철호는 어슬렁 일어섰다. 이쪽 모서리 창가로 갔다. 바께쓰의 물을 대야에 따랐다. 두 손을 끝에서부터 가만히 물속에 담갔다. 아직 이른 봄이라 물이 꽤 손끝에 시렸다. 철호는 물속에 잠긴 두 손을 물끄러미 내려다보고 있었다. 펜대에 시달린 오른손 장지 첫마디에 콩알만 한 못이 박혔다. 그 못에서 파란 명주실 같은 것이 사르르 물속으로 풀려났다. 잉크. 그것은 잠시 대야 밑바닥을 기다 말고 사뿐히 위로 떠올라 안개처럼 연하게 피어서 사방으로 번져나갔다. 손가락 끝을 중심으로 하고 그 색의 농도가 점점 연해져갔다. 맑게 갠 가을 하늘색으로 대야 가장자리까지 번져나간 그것은 다시 중심의 손끝을 향해 접어들며 약간 진한 파랑색으로 달무리 모양 동그란 원을 그렸다.

피! 이건 분명히 피다!

"I suppose I must."

His reply was like a yawn as he put his hands heavily on the table top.

The office boy began to sweep in from the far corner. The dust came billowing heartlessly into Ch'ŏrho's face. Ch'ŏrho dragged himself to his feet. He went over to the corner window near his desk and poured a bucket of water into the wash basin. He slipped his hands slowly down into the water. It was still early spring and the water was cold on his fingertips. Ch'ŏrho stared down fixedly at the two hands as they soaked in the water. A bean-sized callus had grown on the first joint of the right middle finger where he always steadied his pen. From this callus, a strand of something like blue silk was softly unraveling into the water. Ink. It slipped along the bottom of the basin, then floated up easily and blossomed into a faint fog that spread in all directions. As it left the fingertip, its color grew thinner and lighter. When it had carried its clear autumn blue to the very edge of the basin the silky thing doubled back toward the fingertip to trace a halo in darker blue.

Blood! This is surely blood!

Ch'ŏrho cautiously removed his hands from the

철호는 엉뚱한 생각을 하고 있었다. 슬그머니 물속에서 손을 빼내었다. 그러자 이번엔 대야 밑바닥에 한 사나이의 얼굴을 보았다. 철호의 눈을 마주 쳐다보는 그 사나이는 얼굴의 온 근육을 이상스레 히물히물 움직이며 입을 비죽거려 웃고 있었다.

이마에 길게 흐트러진 머리카락. 그 밑에 우묵하니 팬 두 눈. 깎아진 볼. 날카롭게 여윈 턱. 송장처럼 꺼멓고 윤기 없는 얼굴. 그것은 까마득한 원시인(原始人)의 한 사나이였다.

몽둥이 끝에, 모난 돌을 하나 칡넝쿨로 아무렇게나 잡아매서 들고, 동굴 속에 남겨두고 나온 식구들을 위하여 온종일 숲 속을 맨발로 헤매고 다니던 사나이.

곰? 그건 용기가 부족하다.

멧돼지? 힘이 모자란다.

노루? 너무 날쌔어서.

꿩? 그놈은 하늘을 난다.

토끼? 토끼. 그래, 고놈쯤은 꽤 때려잡음 직하다. 그런데 그것마저 요즈음은 몫에 잘 돌아오지 않는다. 사냥꾼이 너무 많다. 토끼보다도 더 많다.

그래도 무어든 들고 들어가야 하는 것이다.

water. He saw the face of a man at the bottom of the basin. The face stared straight up into Ch'ŏrho's eyes with a strange, listless twitching as it laughed through puckered lips.

Hair scattered long on the forehead. Underneath, two hollow sunken eyes. Gaunt cheeks, a bony chin. The sallow face of a corpse. This was a primitive man of the remote past, a man who carries a club fitted with a sharp stone. A man who wanders barefoot in the forest all day to feed the family left behind in a cave.

A bear? No, I haven't the courage.

A boar? I'm too weak.

A roebuck? It's too agile.

A pheasant? No, it flies away.

A rabbit? Yes, something like that would be all right. But even rabbits are hard to find lately. There are too many other hunters—more of them than rabbits.

But one has to bring back something, no matter what it is.

The man kneels on a rock and washes his hands in a stream. The blue water is dyed by red twilight. Congealed blood melts from his hands into the water with a red even deeper than the twilight.

사나이는 바위 잔등에 무릎을 꿇고 앉아 냇물에 손을 씻는다. 파란 물속에 빨간 노을이 잠겼다. 끈적끈적하게 사나이의 손에 묻었던 피가 노을빛보다 더 진하게 우러난다.

무엇인가 때려잡은 모양이다. 곰? 멧돼지? 노루? 꿩? 토끼?

그런데 사나이가 들고 일어선 것은 그 어느 것도 아니었다. 보기에도 징그러운 내장. 그것이 무슨 짐승의 내장인지는 사나이 자신도 모른다. 사나이는 그 짐승의 머리도 꼬리도 못 보았다. 누군가가 숲 속에 끌어내어 버린 것을 주워 오는 것이었다.

철호는 옆에 놓인 비누를 집어 들었다. 마구 두 손바닥으로 비볐다. 오구구 까닭 모를 울분이 끓어올랐다.

빈 도시락마저 들지 않은 손이 홀가분해 좋긴 하였지만, 해방촌 고개를 추어오르기에는 뱃속이 너무 허전했다.

산비탈을 도려내고 무질서하게 주워 붙인 판잣집들이었다. 철호는 골목으로 접어들었다. 레이션 곽[1]을 뜯어 덮은 처마가 어깨를 스칠 만치 비좁은 골목이었다.

He seems to have caught something. A Bear? A boar? A roebuck? Pheasant? Rabbit?

But what he lifts out of the water is none of these. Intestines, disgusting just to look at. The man himself does not know from what animal they came. He has seen neither the head nor the tail of the animal. He has simply scavenged something that someone else dragged into the forest and abandoned.

Ch'ŏrho picked up the soap that lay beside the basin and scrubbed his hands vigorously. An incomprehensible resentment boiled up within him.

Burdened not even by an empty lunch box as he dragged himself up the slope at Liberation Village, his hands felt light and free, but his stomach was hollow.

The village was a collection of wooden shacks, flung at random one against the other into gouges in the hillside. Ch'ŏrho turned into a blind alley. It was so narrow that the eaves covered with salvaged ration boxes nearly grazed his shoulders. The path was slippery with slop water tossed carelessly from the kitchens, and burnt-out coal briquettes were scattered here and there like scabs on

부엌에서들 아무 데나 마구 버린 뜨물이 미끄러운 길에
는 구공탄 재가 군데군데 헌데 더뎅이 모양 깔렸다.

저만치 골목 막다른 곳에, 누런 시멘트 부대 종이를
흰 실로 얼기설기 문살에 얽어맨 철호네 집 방문이 보
였다. 철호는 때에 절어서 마치 가죽 끈처럼 된 헝겊이
달린 문걸쇠²⁾를 잡아당겼다. 손가락이라도 드나들 만
치 엉성한 문이면서 찌걱찌걱 집혀서 잘 열리지를 않았
다. 아래가 잔뜩 잡힌 채 비틀어진 문틈으로 그의 어머
니의 소리가 새어 나왔다.

"가자! 가자!"

미치면 목소리마저 변하는 모양이었다. 그것은 이미
그의 어머니의 조용하고 부드럽던 그 목소리가 아니고,
쨍쨍하고 간사한 게 어떤 딴 사람의 목소리였다.

문을 열고 들어서는 철호의 얼굴에 걸레 썩는 냄새
같은 것이 확 풍겨왔다. 철호는 문 안에 들어선 채 우두
커니 아랫목을 내려다보고 있었다. 중학교 시절에 박물
관에서 미라를 본 일이 있었다. 그건 꼭 솜 누더기에 싸
놓은 미라였다. 흰 머리카락은 한 오리도 제대로 놓인
것이 없었다. 그대로 수세미였다. 그 어머니는 벽을 향
해 돌아누워서 마치 딸꾹질처럼 일정한 사이를 두고,

an open sore. At the end of the alley was the door to Ch'ŏrho's house, a patchwork of yellow cement-bag paper tied to the frame with white string. Ch'ŏrho pulled the latch, its rag leatherlike with grime. Though hung loosely enough to admit a man's fingers in the cracks, the door was stuck and would not open easily. It hung tight to its sill, while the sound of his mother's voice leaked out through the cracks.

"Let's go! Let's go!"

It seems that a voice changes with insanity. This was no longer his mother's soft, quiet voice; it was harsh and crafty, the voice of someone else.

When Ch'ŏrho opened the door and stepped inside he was faced with an odor like rotten rags. He stood inside the doorway, staring down blankly toward the warm corner of the heated-floor room.

He had once seen a mummy at the museum during his middle school days. Here was another one, wrapped in its cotton tatters. Not one strand of the white hair—twisted like the matted gourd fiber used for scouring—was in place. His mother just lay there, face to the wall, crying "Let's go... Let's go!" with the insistent regularity of hiccups. It was strange to him that such a jarring sound could come out of

17

가자 가자 하는 외마디소리를 지르고 있었다. 그 해골 같은 몸에서 어떻게, 그런 쨍쨍한 소리가 나오는지 이 상하였다.

철호는 윗방으로 올라가 털썩 벽에 기대어 앉아버렸다. 가슴에 커다란 납덩어리를 올려놓은 것 같았다. 정말 엉엉 소리를 내어 울고 싶었다. 눈을 꼭 지리감으며[3] 애써 침을 삼켰다.

두 달 전까지만 해도 철호는 저녁때 일터에서 돌아오면, 어머니야 알아듣건 말건 그래도 어머니 지금 돌아왔습니다 하고 인사를 하곤 하였다. 그러나 요즈음은 그것마저 안 하게 되었다. 그저 한참 물끄러미 굽어보고 섰다가 그대로 윗방으로 올라와 버리는 것이었다.

컴컴한 구석에 앉아 있던 철호의 아내가 슬그머니 일어섰다. 담요 바지 무릎을 한쪽은 꺼멍, 또 한쪽은 회색으로 기웠다. 만삭이 되어서 꼭 바가지를 엎어놓은 것 같은 배를 안은 아내는 몽유병자처럼 철호의 앞을 지나나갔다. 부엌으로 나가는 것이었다. 분명 벙어리는 아닌데 아내는 말이 없었다.

"아버지."

철호는 누가 꼭대기를 쿡 쥐어박기나 한 것처럼 흠칫

this skeleton.

Ch'ŏrho went into the next room and sat down with his back against the wall. He closed his eyes tight and swallowed hard.

As recently as two months ago, Ch'ŏrho had been greeting his mother every evening with, "Mother, I'm home," whether she could comprehend or not. But lately he had given up even that. Now he would just look down at her for a while and then go on into the next room.

Ch'ŏrho's wife rose silently from her gloomy corner. Her pants, made of old blankets, were patched at the knees, one in black and the other in gray. She was nine months pregnant, with a stomach like an overturned gourd ladle. She passed Ch'ŏrho like a sleepwalker and went out to the kitchen. His wife was not a mute—there was just nothing to say.

"Daddy!"

Ch'ŏrho started as if someone had struck him smartly over the head. Right beside him staring up with eyes wide open sat his five-year-old daughter. Ch'ŏrho turned toward the child. The smile he attempted faltered to a grimace.

"You know what? Uncle Yŏngho said he's going to buy me a nylon dress!"

했다.

바로 옆에 다섯 살 난 딸애가 눈을 동그랗게 뜨고 철호를 쳐다보고 있었다. 철호는 어린것에게로 얼굴을 돌렸다. 웃어 보이려는 철호의 얼굴이 도리어 흉하게 이지러졌다.

"나아, 삼춘이 나이롱 치마 사준댔다."

"응."

"그리구 구두두 사준댔다."

"응."

"그러면 나 엄마하고 화신⁴⁾ 구경 간다."

"……."

철호는 그저 어린것의 노랗게 뜬 얼굴을 바라보고 있을 뿐이었다. 철호의 헌 셔츠 허리통을 잘라서 위에 끈을 꿰어 스커트로 입은 딸애는 짝짝이 양말 목달이에다 어디서 주운 것인지 가는 고무줄을 끼웠다.

"가자! 가자!"

아랫방에서 또 어머니의 그 저주 같은 소리가 들려왔다. 벌써 칠 년을 두고 들어와도 전연 모를 그 어떤 딴사람의 목소리.

철호는 또 눈을 꼭 감았다. 머릿속의 넛줄이 팽팽히

"Mmm."

"And he's going to buy me some shoes, too."

"Mmm."

"Then Mother and I'll go to see the Hwashin Department Store."

Ch'ŏrho looked into his daughter's sallow face. For a dress the child was wearing one of his old shirts with the tails cut off and a drawstring sewn into the waist. Her unmatched socks were held up by thin strips of rubber scavenged from somewhere.

"Let's go! Let's go!"

Again, like a curse, from the other room came his mother's voice. He had listened to it for seven years now, but it was still the voice of a complete stranger.

Ch'ŏrho tightly closed his eyes once more. He ground his teeth with the desire to beat on something, anything, with his two fists.

Even though it was chilly, Ch'ŏrho preferred the boulder's rounded hump to the room in his shack. Every evening after supper he would sit out in back, knees cradled in his arms, and wait out the evening watching the lights of the city. Down there,

헤워졌다.[5] 두 주먹으로 무엇이건 꽉 때려 부수고 싶은 충동에 철호는 어금니를 바서져라 맞씹었다.

좀 춥기는 해도 철호는 집 안보다 이 바위 잔등이 더 좋았다. 그래 철호는 저녁만 먹으면 언제나 이렇게 집 뒤 산등성이에 있는 바위 위에 두 무릎을 세워 안고 앉아서 하염없이 거리의 등불들을 바라보며 밤 깊기를 기다리는 것이었다. 어느 거리쯤인지 잘 분간할 수 없는 저 밑에서, 술 광고 네온사인이 핑그르르 돌고 깜빡 꺼졌다가 또 번뜩 켜지고, 핑그르르 돌고는 깜빡 꺼지고 하였다.

철호는 그저 언제까지나 그렇게 그 네온사인을 지켜보고 있었다.

바위 잔등이 차츰차츰 식어왔다. 마침내 다 식고 겨우 철호가 깔고 앉은 그 부분에만 약간 온기가 남았다. 이제 조금만 더 있으면 밑이 시려울 것이다. 그러면 철호는 하는 수 없이 일어서야 하는 것이다.

드디어 철호는 일어섰다. 오래 꾸부려 붙이고 있던 두 다리가 저렸다. 두 손을 작업복 호주머니에 깊숙이 찔렀다. 철호는 밤하늘을 한번 쳐다보았다. 지금까지 바라보던 밤거리보다 더 화려하게 별들이 뿌려져 있었다.

22

in a street he couldn't quite identify, a neon sign advertising Crown beer would spin round dizzily and then suddenly go black, only to flash on again and spin once more into sudden blackness.

Ch'ŏrho would keep endless watch over that neon sign.

The rock face cooled bit by bit. It finally went completely cold, leaving warmth only in the spot where Ch'ŏrho sat. A moment later and his perch would grow cold also. Then he would have no choice but to get up.

Finally Ch'ŏrho did stand up. His legs had gone numb from being in one position so long. He thrust his hands deep into the pockets of his fatigue jacket and took a long look at the night sky. The stars flickered in even greater brilliance than the night lights he had been watching below. Ch'ŏrho tried to single out Polaris among the many stars. His head tilted to the sky, he turned round and round in place. It was easy to find the Big Dipper, which looked like a water ladle hung upside down. The star in front of the Dipper, a little bigger and brighter than the others: that was the North Star. Ch'ŏrho drew a straight line deep into the night sky, linking his spot on earth to the North Star and then north as far as

철호는 그 많은 별들 가운데서 북두칠성을 찾아보았다. 머리를 뒤로 젖혀 하늘을 쳐다보는 채 빙그르르 그 자리에서 돌았다. 거꾸로 달린 물주걱 같은 북두칠성은 쉽사리 찾아낼 수 있었다. 그 북두칠성 앞에 딴 별들보다 좀 크고 빛나는 별. 그건 북극성이었다. 철호는 지금 자기가 서 있는 지점과 북극성을 연결하는 직선을 밤하늘에 길게 그어보았다. 그리고 그 선을 눈이 닿는 데까지 연장시켰다. 철호는 그렇게 정북(正北)을 향하여 한참이나 서 있었다. 고향 마을이 눈앞에 떠올랐다. 마을의 좁은 길까지, 아니 그 길에 박혀 있던 돌 하나까지도 선히 볼 수 있었다.

으스스 몸이 떨렸다. 한기가 전기처럼 발끝에서 튀어 콧구멍으로 빠져나갔다. 철호는 크게 재채기를 하였다. 그리고 또 한 번 부르르 몸을 떨며 바위 밑으로 내려왔다.

철호는 천천히 골목 안으로 들어섰다.

"가자!"

철호는 멈칫 섰다. 낮에는 이렇게까지 멀리 들리는 줄은 미처 몰랐던 어머니의 그 소리가 골목 어귀에까지 들려왔다.

his gaze would reach. He stood thus, for some time, facing north. Before his eyes he saw his home village. Its narrow streets, even the very stones on those streets, stood out sharply.

His body trembled. A chill like electricity crackled up from his toes and shot out through his nostrils. Ch'ŏrho sneezed loudly. He shivered again and climbed down from the rock.

Slowly he entered the alley.

"Let's go!"

Ch'ŏrho stopped in his tracks. During the day, he had never realized that his mother's voice would carry so far, but he could hear it now even from the mouth of the alley.

"Let's go!"

But Ch'ŏrho could not stand there all night. He took another step, a heavy step, indeed. And not simply because his legs were numb.

"Let's go!"

For every step Ch'ŏrho took toward his house, the voice grew that much louder.

Let's go. Let's go back. Let's go back home. Let's go back to the old days again. Even before she lost her senses, his mother was always saying things like that.

"가자!"

그러나 언제까지 그렇게 골목에 서 있을 수도 없는
노릇이었다. 철호는 다시 발을 옮겨놓았다. 정말 무거
운 발걸음이었다. 그건 다리가 저려서만이 아니었다.

"가자!"

철호가 그의 집 쪽으로 걸음을 옮겨놓을 때마다 그만
치 그 소리는 더 크게 들려왔다.

가자는 것이었다. 돌아가자는 것이었다. 고향으로 돌
아가자는 것이었다. 옛날로 되돌아가자는 것이었다. 그
것은 이렇게 정신이상이 생기기 전부터 철호의 어머니
가 입버릇처럼 되풀이하던 말이었다.

삼팔선. 그것은 아무리 자세히 설명을 해주어도 철호
의 늙은 어머니에게만은 아무 소용없는 일이었다.

"난 모르겠다. 암만해도 난 모르겠다. 삼팔선. 그래 거
기에다 하늘에 꾹 닿도록 담을 쌓았단 말이냐 어쨌단
말이냐. 제 고장으로 제가 간다는데 그래 막을 놈이 도
대체 누구란 말이냐."

죽어도 고향에 돌아가서 죽고 싶다는 철호의 어머니
였다. 그러고는,

"이게 어디 사람 사는 게냐. 하루 이틀도 아니고."

The Thirty-eighth Parallel. No matter how carefully Ch'ŏrho explained this to the old woman, it was no use.

"I don't understand it. I never will. Thirty-eighth Parallel. Are you trying to tell me they built a wall there that goes right up to the sky? Who on earth do you think would stop me from going home?"

Ch'ŏrho's mother so wanted to end her days back north that she would have died in the attempt to return.

"You call this a life? If it were only for a day or two..."

Then she would give a sigh, slap her thighs, and sit down heavily. And each time Ch'ŏrho would explain.

"But South Korea's a free country, Mother, don't you see that?"

He would try to reason with her, saying what a precious thing freedom was and how in the South they could at least live and endure life, but that to return home would mean immediate death. But if it was difficult to make his old mother understand the Thirty-eighth Parallel, it was many times harder to make her understand this word *freedom*. No, he decided, it was nearly impossible. In the end, Ch'ŏrho

하며 한숨과 함께 무릎을 치며 꺼지듯이 풀썩 주저앉곤
하는 것이었다.

그럴 때마다 철호는,

"어머니, 그래도 남한은 이렇게 자유스럽지 않아요?"
하고 남한이니까 이렇게 생명을 부지하고 살 수 있지,
만일 북쪽 고향으로 간다면 당장에 죽는 것이라고, 자
유라는 것이 얼마나 소중한 것인가를, 갖은 이야기를
다 예로 들어가며 어머니에게 타일러보는 것이었다. 그
러나 자유라는 것을 늙은 어머니에게 이해시키기란 삼
팔선을 인식시키기보다도 몇 백 갑절 더 힘드는 일이었
다. 아니 그것은 거의 불가능한 일이라 하겠다. 그래 끝
내 철호는 어머니에게 자유라는 것을 설명하는 일을 단
념하고 말았다. 그렇게 되고 보니 철호의 어머니에게는
아들—지지리 고생을 하면서도 고향으로 돌아갈 생각
만은 죽어도 하지 않는 철호가 무슨 까닭인지는 몰라도
늙은 에미를 잡으려고 공연한 고집을 피우고 있는 천하
에 고약한 놈으로만 여겨지는 것이었다.

그야 철호에게도 어머니의 심정이 이해되지 않는 것
은 아니었다.

무슨 하늘이 알 만치 큰 부자는 아니었지만 그래도

gave up trying to explain. And his mother came to think him spiteful and pigheaded for not trying to escape their hardships. Her son she saw as bent only on trapping her in this wretched existence.

Even so, Ch'ŏrho could understand something of his mother's feelings.

She had led a peaceful and abundant life with her family in the North. They were not rich, but they had had their own land and were masters of the village. And though she knew little of the world, she still could not believe that this Liberation Village—its cratelike shacks tacked one upon the other, perched in cavities that had been scraped out of the mountainside—was really liberation.

"I cried for joy too when we got our country back. Oh, how I cried! I even put on my red wedding dress and danced that day. But is this what has come of it all? I can't stand it. I will never understand. Something surely went wrong. The whole world's gone wrong, that's what."

It was all beyond her. How was it that someone could win back his country and yet lose his home? It didn't make any sense.

After she had fled south, there was not one day she didn't say something about going back home.

꽤 큰 지주로서 한 마을의 주인 격으로 제법 풍족하게 평생을 살아오던 철호의 어머니 눈에는 아무리 그네가 세상을 모른다고 해도, 산등성이를 악착스레 깎아내고 거기에다 게딱지같은 판잣집을 다닥다닥 붙여놓은 이 해방촌이 이름 그대로 해방촌(解放村)일 수는 없는 노릇이었다.

"나두 내 나라를 찾았다게 기뻐서 울었다. 엉엉 울었다. 시집올 때 입었던 홍치마를 꺼내 입구 춤을 추었다. 그런데 이 꼴 돌다. 난 싫다. 아무래두 난 모르겠다. 뭐가 잘못됐건 잘못된 너머 세상이디그래."

철호의 어머니 생각에는 아무리 해도 모를 일이었던 것이었다. 나라를 찾았다면서 집을 잃어버려야 한다는 것은, 그것은 정말 알 수 없는 일이었던 것이었다.

철호의 어머니는 남한으로 넘어온 후로 단 하루도 이 가자는 말을 하지 않은 날이 없었다.

그렇게 지내오던 그날, 육이오사변으로 바로 밭밑에 빤히 내려다보이는 용산 일대가 폭격으로 지옥처럼 무너져 나가던 날 끝내 철호는 어머니를 잃어버리고 말았던 것이었다.

"큰애야, 이젠 정말 가자. 데것 봐라. 담이 홈싹 무너

That day when the war began, June 25, 1950, right before their eyes they saw the bombs turn the whole of Yongsan into a gutted inferno. When that day was over, Ch'ŏrho had lost his mother forever.

"Son. Now. Let's really go now. Look there. See, the wall has fallen down. That Thirty-eighth Parallel wall has gone away."

From that day on, the old woman was hopelessly out of her wits. She was no longer Ch'ŏrho's mother—where on earth was there a mother who did not know her own son and daughter? She had lost everything but that one shrill phrase.

"Let's go! Let's go!"

It was only a faint light that leaked through the holes in the paper-panel door. Ch'ŏrho opened the door to the inner room. On the sill between the two rooms the oil lamp was flickering. His daughter lay stretched out, sound asleep over the warm spot on the heated floor. Her straight little body, wrapped round in a blanket, looked like a corpse. Beside her knelt Ch'ŏrho's wife, her weight back on her heels. On the gray-and black-patched knees of her pants rested a pair of little sneakers made of red oilcloth. As soon as Ch'ŏrho came into the room, she held

뎄는데. 삼팔선의 담이 데렇게 무너뎄는데. 야."

그때부터 철호의 어머니는 완전히 정신이상이었다. 지금의 어머니, 그것은 이미 철호의 어머니가 아니었다. 아무리 따져보아도 그것이 철호 자기의 어머니일 수는 없었다. 세상에 아들딸마저 알아보지 못하는 어머니가 있을 수 있는 것일까? 그날부터 철호의 어머니는,

"가자! 가자!"

하고 저렇게 쨍쨍한 목소리로 외마디소리를 지를 뿐 그밖의 모든 것을 완전히 잃어버리고 있었다. 철호에게 있어서 지금의 어머니는 말하자면 어머니의 시체에 지나지 않았다.

뚫어진 창호지 구멍으로 그래도 희미한 불빛이 새어 나오고 있었다. 철호는 윗방 문을 열었다. 아랫방과 윗방 사이 문턱에 위태롭게 올려놓은 등잔이 개똥벌레처럼 가물거리고 있었다. 윗방 아랫목에는 딸애가 반듯이 누워서 잠이 들었다. 담요를 몸에다 돌돌 말고 반듯이 누운 것이 꼭 송장 같았다. 그 옆에 철호의 아내가 두 무릎을 꿇고 앉아 있었다. 꺼먼 헝겊과 회색 헝겊으로 기운 담요바지 무릎 위에는 빨강색 유단으로 만든 조그마한 운동화가 한 켤레 놓여 있었다. 철호가 방 안에 들어

them up in the palm of her hand for him to see.

"Uncle Yŏngho bought them for her."

The unusually long-lashed eyes smiled thinly. It had really been a long time since he had seen his wife smile. It was the smile of a woman who had long since forgotten that she had once been beautiful—a smiling face Ch'ŏrho had not seen for so long that he, too, had nearly forgotten.

Ch'ŏrho sat down near the lamp and took the red shoes from his wife's hand to look them over closely, top and bottom.

"Did you go out for a walk?"

Beyond the lamp's light sat his younger brother Yŏngho. He smiled as he looked at Ch'ŏrho.

"When did you come home?"

"Just now."

Yŏngho had not even loosened his necktie yet.

"Ch'ŏrho."

At his brother's insistent tone, Ch'ŏrho handed the shoes back to his wife and looked into Yŏngho's face with a level gaze.

"Why don't we try living like other people do for a change? Damn it, everyone else enjoys life, why do we have to go on like this? Let's get ourselves a really first-class house and hang up a nameplate big

서자 아내는 그 어린애의 빨간 신발을 모두어 자기 손
바닥에 올려놓아 철호에게 들어 보였다.

"삼촌이 사 왔어요."

유난히 살눈썹[6]이 긴 아내의 눈이 가늘게 웃었다. 참
으로 오래간만에 보는 아내의 웃음이었다. 자기가 미인
이었다는 것을 잊어버리고 만 지 오랜 아내처럼 또 오
래 보지 못하여 거의 잊어버려가던 아내의 웃는 얼굴이
었다.

철호는 등잔이 놓인 문턱 가까이 가서 앉으며 아내의
손에서 빨간 어린애의 신발을 받아 눈앞에서 아래위를
살펴보았다.

"산보 갔었소?"

거기 등잔불을 사이에 두고 윗방을 향해 앉은 철호의
동생 영호(英浩)가 웃으며 철호를 쳐다보았다.

"언제 들어왔니."

"지금 막 들어와 앉는 길입니다."

그러고 보니 영호는 아직 넥타이도 끄르지 않고 있었
다.

"형님!"

새삼스레 부르는 동생의 소리에 철호는 손에 들었던

34

as a chess board. We'll put your name on it—hell, we'll make the letters so big even a blind man could read them. And then we can really live."

Yŏngho had been out of the army for more than two years now without a job and started talking like this whenever he was drunk.

"Let's buy ourselves a twenty million *hwan* sedan. We'll load it with dung and ride around town all day long blowing the horn at all those bastards, whether we've got work or not. Shit!"

Slouched against the wall, Yŏngho blew cigarette smoke out from a face red from alcohol.

"You've been drinking again!"

Yŏngho had joined the army after three difficult years of college as a self-supporting student. He had no particular job skill and now, through no fault of his own, was unable to find work. Ch'ŏrho understood this, but what he disapproved of was Yŏngho's coming home drunk like this every night. Also, it was not at all clear where he did his drinking and with whose money.

"Yes, I did have a few. My friends and I."

Ch'ŏrho did not have to listen—it was the same answer every night. And he knew it was not a lie.

"You should cut out drinking so much."

어린애의 신발을 아내에게 돌리며 영호의 얼굴을 빤히
바라보았다.

"이제 우리두 한번 살아봅시다. 제길, 남 다 사는데 우
리라구 밤낮 이렇게만 살겠수. 근사한 양옥도 한 채 사
구, 장기판만 한 문패에다 형님의 이름 석 자를, 제길 장
님도 보게 써서 대못으로 땅땅 때려 박구 한번 살아봅
시다."

군대에서 나온 지 이 년이 넘도록 아직 직업도 못 잡
은 영호가 언제나 술만 취하면 하는 수작이었다.

"그리구 이천만 환짜리 세단차도 한 대 삽시다. 거기
다 똥통이나 싣고 다니게. 모든 새끼들이 아니꼬워서.
일이야 있건 없건 종일 빵빵 울리면서 동리를 들락날락
해야지. 제길, 하하하."

비스듬히 벽에 기대어 앉은 영호는 벌겋게 열에 뜬
얼굴을 하고 담배 연기를 푹 내뿜었다.

"또 술 마셨구나."

고학으로 고생고생 다니던 대학 3학년에 군대에 들어
갔다가 나온 영호로서는, 특별한 기술이 없어 직업을
잡지 못하는 것은 별도리도 없는 노릇이라 칠 수도 있
었지만, 이건 어디서 어떻게 마시는 것인지 거의 저녁

36

"But when we get together, it's only natural to have a drink or two."

"Yes, I know. But what I'm saying is you shouldn't get together with them in the first place."

"Oh, I couldn't do that."

"But what do you think is the point of getting together for a drink all the time?"

"Point? We get together because we feel low. So we have a drink and talk about things, that's all."

"But I still say it'll lead to no good."

"Come on now. What's wrong with having a few friends, even like them? They're not so great but still, lots of times I wonder how I could get along without them—whatever you think. I mean it. So they're ignorant —this one without an arm, that one crippled. Not worth much, I guess. Real leftovers. But Ch'ŏrho, they're really good at heart. They're comrades, buddies."

Yŏngho tossed his head back and blew cigarette smoke toward the ceiling. Ch'ŏrho said nothing but just stared blankly at his younger brother. As Yŏngho watched the rising smoke, he pulled on his necktie with his free hand and slipped the knot halfway down.

"Let's go!"

마다 이렇게 취해 들어오는 동생 영호가 몹시 못마땅한 철호의 말이었다.

"네, 조금 했습니다. 친구들이······."

그것도 들으나 마나 늘 같은 대답이었다. 또 그것이 거짓말이 아니라는 것도 철호는 알고 있었다.

"이제 술 좀 그만 마셔라."

"친구들과 어울리면 자연히 마시게 되는걸요."

"글쎄 그러니까 그 어울리는 걸 좀 삼가란 말이다."

"그럴 수도 없구요. 하하하."

"그렇다고 언제까지 그저 그렇게 어울려서 술이나 마시면 뭐가 되나."

"되긴 뭐가 돼요. 그저 답답하니까 만나는 거구, 만나면 어찌어찌하다 한잔씩 하며 이야기나 하는 거죠 뭐."

"글쎄 그게 맹랑한 일이란 말이다."

"그렇지만 형님, 그런 친구들이라도 있다는 게 좋지 않수. 그게 시시한 친구들이라 해도. 정말이지 그놈들마저 없었더라면 어떻게 살 뻔했나 하고 생각할 때가 많아요. 외팔이. 절름발이. 그런 놈들. 무식한 놈들. 참 시시한 놈들이지요. 죽다 남은 놈들. 그렇지만 형님, 그 놈들 다 착한 놈들이야요. 최소한 남을 속이지는 않거

38

Yŏngho quietly turned his head toward the sound coming from the next room. He blinked his eyes in silence as he gazed in that direction.

Ch'ŏrho took a long breath. The flame of the lamp danced and flickered in front of them. He drew a pack of Bluebird cigarettes from his jacket pocket and pulled one of them out. Almost half the loose, dry tobacco crumbled out each end of the cigarette. He twisted up the ends of the paper. What he then put into his mouth looked just like a piece of paper-wrapped taffy.

"Try one of these, Brother."

Yŏngho picked up the pack lying in front of him and offered them to Ch'ŏrho. It was a red pack of American cigarettes. Ch'ŏrho glanced obliquely for a moment at the unusually long cigarettes and then, without a word, brought the Bluebird between his lips over to the lamp. Yŏngho casually watched his brother's shoulders as they bent over the flame. There was a sizzling sound and suddenly the hair over Ch'ŏrho's forehead frizzled at the ends. Ch'ŏrho lifted his face and removed the cigarette—after only one puff it was already a butt, burning the tips of his fingers. As he slowly exhaled, three vertical wrinkles deepened between his eyebrows. Yŏngho

든요. 공갈을 때릴망정. 하하하하. 전우 전우."

영호는 고개를 뒤로 젖히고 천장을 향해 후 담배 연기를 내뿜었다. 철호는 그저 물끄러미 영호의 모습을 쳐다볼 뿐 아무 말도 없었다. 영호는 여전히 천장을 향한 채 피어오르는 연기를 바라보며 한 손으로 목의 넥타이를 앞으로 잡아당겨 끌러 늦추어 놓았다.

"가자!"

아랫목에서 어머니가 소리를 질렀다.

영호는 슬그머니 아랫목으로 고개를 돌렸다. 한참이나 그렇게 어머니 쪽으로 고개를 돌리고 있는 영호는 아무 말도 없이 그저 눈만 껌뻑껌뻑하고 있었다.

철호는 길게 한숨을 쉬었다. 앞에 놓인 등잔불이 거물거물 춤을 추었다. 철호는 저고리 호주머니에서 담배를 꺼내었다. 꼬깃꼬깃 구겨진 파랑새 갑 속에서 담배를 한 개비 뽑아내었다. 바삭바삭 마른 담배는 양끝이 반쯤 빠져나갔다. 철호는 그 양끝을 비벼 말았다. 흡사 비거[7] 모양으로 되었다. 철호는 그 비거 모양의 담배 한끝을 입에다 물었다.

"이걸 피슈, 형님."

영호가 자기 앞에 놓였던 담뱃갑을 집어서 철호의 앞

put his own pack of cigarettes back on the floor and slowly lowered his gaze to the lamp. A smile formed at the corners of his mouth: a strange smile, a pitying one—no, as if in scorn. And then it passed.

Neither said a word.

"Let's go!"

From the next room, their mother spoke in her sleep. It seemed even in her dreams she had now lost touch with reality. The very low sound, like a sigh, slowly flowed through the two rooms, filled them, and vanished.

Still no one spoke. Ch'ŏrho watched the flickering lamp, the cigarette butt pinched in his gathered fingertips; still slouched against the wall, Yŏngho gazed at the butt burning between Ch'ŏrho's fingers. Ch'ŏrho's wife was busy with the red shoes, arranging them this way and that at the head of her sleeping daughter.

"Let's go!"

Again that voice, sounding as though it had leaked out from someplace within the ground.

"You don't like my smoking American cigarettes, do you?" Yŏngho held up the half-burnt cigarette

으로 내어밀었다. 빨간색 양담뱃갑이었다. 철호는 그 여느 것보다 좀 긴 양담뱃갑을 한번 힐끔 쳐다보았을 뿐, 아무 소리도 없이 등잔불로 입에 문 파랑새 끝을 가져갔다. 영호는 등잔불 위에 꾸부린 형 철호의 어깨를 넌지시 바라보고 있었다. 지지지 소리가 났다. 앞이마에 흐트러져 내렸던 철호의 머리카락이 등잔불에 타며 또르르 끝이 말려 올랐다. 철호는 얼굴을 들었다. 한 모금 빨자 벌써 손끝이 따갑게 꽁초가 되어버린 담배를 입에서 떼었다. 천천히 연기를 내뿜는 철호의 미간에는 세로 석 줄의 깊은 주름이 패어졌다. 영호는 들었던 담뱃갑을 도로 방바닥에 내려놓았다. 그리고 조용히 등잔불로 시선을 떨구었다. 그의 입가에는 야릇한 웃음이—애달픈, 아니 그 누군가를 비웃는 듯한, 그런 미소가 천천히 흘러 지나갔다.

한참 동안 아무도 말이 없었다.

"가자!"

아랫방 아랫목에서 몸을 뒤채는 어머니가 잠꼬대를 했다. 어머니는 이제 꿈속에서마저 생활을 잃어버린 모양이었다. 아주 낮은 그 소리는 한숨처럼 느리게 아래 윗방에 가득 차 흘러 사라졌다.

and looked into its red ash.

"It's just not in keeping."

Ch'ŏrho kept gazing into the lamp as he spoke.

"I know, but which do you like better—Bluebirds or the American ones?"

"Well, of course the American cigarettes are better. So?"

The look he slapped across Yŏngho's face said, *Here you can't even afford to eat barley, but you show off with American cigarettes.*

"So that's why I smoke American cigarettes."

"What?"

"You don't understand, Brother. What money do I have for American cigarettes? But sometimes my friends buy them for me—so I smoke them. And you don't approve of my drinking every night, do you, and always coming home by jitney? I know. Sometimes you have to plod almost three miles from Chongno because you don't have even twenty-five *hwan* for the streetcar. But is that any reason why I should turn down friends who insist on seeing me home? Maybe it isn't real friendship, but just a foolish kindness that flows with the booze. They're strange guys, you know—they treat me to cigarettes and drinks, even pay my jitney fare, but they never

43

여전히 아무도 말이 없었다.

철호는 꽁초를 손끝에 꼬집어 쥔 채 넋 빠진 사람 모양 가물거리는 등잔불을 지켜보고 있었고 동생 영호는 비스듬히 벽에 기대어 앉은 채 철호의 손끝에서 타고 있는 담배꽁초를 바라보고 있었고, 철호의 아내는 잠든 딸애의 머리맡에 가지런히 놓인 빨간 신발을 요리조리 매만지고 있었다.

"가자!"

또 한 번 어머니의 소리가 저 땅 밑에서 새어 나오듯 이 들려왔다.

"형님은 제가 이렇게 양담배를 피우는 게 못마땅하지요?"

영호는 반쯤 탄 담배를 자기의 눈앞에 가져다 그 빨간 불띠를 들여다보며 말했다.

"분에 맞지 않지."

철호는 여전히 등잔불을 바라보며 대답했다.

"그렇지만 형님, 형님은 파랑새와 양담배와 두 가지 중에서 어느 것이 더 좋으슈?"

"……? 그야 양담배가 좋지. 그래서?"

그래서 너는 보리밥도 못 버는 녀석이 그래 좋은 것

give me money."

Yŏngho looked at his glowing cigarette, rolling it over and over between his fingertips.

"All the same, it's about time you sobered up. Do you realize it's already two years now since you got out of the army?"

"I know, I've got to get moving. Anyway, whatever happens I'm going to settle the whole thing some-time this month."

"You've got to get a job somehow."

"A job? Like you? What, you want me to balance someone else's household accounts, and for a sal-ary that doesn't even pay the streetcar fare?"

"You've got some other ideas?"

"Yes, I do. All I need is guts, like other people."

Ch'ŏrho stared dumbly into his brother's face. His fingertips stung. He ground out his cigarette in the beer can that served as an ashtray.

"Guts?"

"Yes, guts."

"What do you mean, guts?"

"The guts even a crow has. A crow doesn't need to be smart—brains don't have anything to do with it. He isn't scared by a scarecrow. Since he hasn't the wits of a sparrow to start with, a scarecrow

은 알아서 양담배를 피우는 거냐 하는 철호의 눈초리가
번뜩 영호의 면상을 때렸다.

"그래서 전 양담배를 택했어요."

"뭐가?"

"형님은 절 오해하시고 계세요."

"……?"

"제가 무슨 돈이 있어서 양담배를 사서 피우겠어요.
어쩌다 친구들이 사주는 것이니 피우는 거지요. 형님은
또 제가 거의 저녁마다 술을 마시고 또 제법 합승을 타
고 들어오는 것도 못마땅하시죠. 저도 알고 있어요. 형
님은 때때로 이십오 환 전찻값도 없어서 종로서 근 십
리를 집에까지 터덜터덜 걸어서 돌아오시는 것을. 그렇
지만 형님이 걸으신다고 해서, 한사코 같이 타고 가자
는 친구들의 호의, 아니 그건 호의도 채 못 되는 싱거운
수작인지도 모르죠. 어쨌든 그것을 굳이 뿌리치고 저마
저 걸어야 할 아무 까닭도 없지 않습니까? 이상한 놈들
이죠. 술 담배는 사주고 합승은 태워 줘도 돈은 안 주거
든요."

영호는 손끝으로 뱅글뱅글 비벼 돌리는 담뱃불을 들
여다보며 말했다.

means nothing to him."

Once more a smile skirted the corners of Yŏngho's mouth. The same strange smile he had a moment before when Ch'ŏrho was lighting his stub of a cigarette.

Tensing, Ch'ŏrho searched Yŏngho's face and swallowed hard. "You are not up to something wild, are you?"

"Wild ? Oh, no. Nothing wild about it. We just want to get rid of all that baggage and travel light, like everyone else does, that's all."

"Get rid of what baggage?"

"You know, all this stuff about conscience, ethics, customs, laws, and all." Yŏngho's big eyes took on a curious gleam as they bore straight into Ch'ŏrho's.

"Conscience, ethics ? You... you want to what?"

Yŏngho continued to stare straight at his brother before answering. "If I wanted to live like that, I would be sitting pretty by now, you know."

"You would abandon conscience, ignore ethics and customs, defy the law...?" Ch'ŏrho's voice was trembling.

At his brother's loud, excited voice, Yŏngho dropped his eyes from Ch'ŏrho's face to his own feet stretched out in front of him.

"어쨌든 너도 이젠 좀 정신 차려줘야지. 벌써 군대에서 나온 지도 이태나 되지 않니."

"정신 차려야죠. 그러지 않아도 이달 안으로는 어찌되든 간에 결판을 내구 말 생각입니다."

"어디 취직을 해야지."

"취직이요? 형님처럼요? 전찻값도 안 되는 월급을 받고 남의 살림이나 계산해 주란 말이지요?"

"그럼 뭐 별 뾰족한 수가 있는 줄 아니."

"있지요. 남처럼 용기만 조금 있으면."

"⋯⋯?"

어처구니없는 영호의 수작에 철호는 그저 멍청하니 영호의 얼굴을 쳐다보았다. 손끝이 따가웠다. 철호는 비루[8] 깡통으로 만든 재떨이에 담배를 비벼 껐다.

"용기?"

"네, 용기."

"용기라니."

"적어도 까마귀만 한 용기만이라도 말입니다. 영리할 필요는 없더군요. 우둔해도 상관없어요. 까마귀는 도무지 허수아비를 무서워하지 않습니다. 참새처럼 영리하지 못한 탓으로 그놈의 까마귀는 애당초에 허수아비를

"I do respect you, Brother. All the hardship you've gone through and the way you've held up. But still, you're a weak man—no guts. You're a slave to conscience. Maybe the weaker a man is, the tougher the thorn of conscience... maybe that's what it is."

"Thorn of conscience?"

"Yes, thorn. A thorn in your fingertip, that's what conscience is. If you just pull it out, there's nothing to it. But if for no good reason you leave it stuck there, it startles you every time you touch it. And then there's ethics. Ethics? That's like a pair of nylon undershorts. Wear them or not, it doesn't matter—your parts show through all the same. Customs? That's like the ribbon in a girl's hair. It becomes her, but leave it off and nothing's changed. As for law, that's like a scarecrow—a scarecrow with a half-ripened gourd for a head on which they've drawn in eyes, a nose, and a very large beard. So there it stands, dressed in rags, with its arms sticking out at the sides. For the sparrows, I guess, it's a pretty good threat. But it doesn't work for something bigger, like crows. They perch right on its head and wipe off the rotten soil from their dirty beaks. Nothing happens at all." Yŏngho gave a snort. He drew a fresh cigarette from his pack by the door sill

무서워할 줄조차 모르거든요."

영호의 입가에는 좀 전에 파랑새 꽁초에다 불을 당기는 철호를 바라보던 때와 같은 야릇한 웃음이 또 소리 없이 감돌고 있었다.

"너 설마 무슨 엉뚱한 계획을 세우고 있는 것은 아니겠지."

철호는 약간 긴장한 얼굴을 하고 영호를 바라보며 꿀 꺽 하고 침을 삼켰다.

"아니오, 엉뚱하긴 뭐가 엉뚱해요. 그저 우리들도 남처럼 다 벗어던지고 홀가분한 몸차림으로 달려보자는 것이죠 뭐."

"벗어던지고?"

"네, 벗어던지고. 양심이고, 윤리고, 관습이고, 법률이고, 다 벗어던지고 말입니다."

영호의 큰 두 눈이 유난히 빛나는가 하자 철호의 눈을 정면으로 밀고 들었다.

"양심이고, 윤리고, 관습이고, 법률이고?"

"……."

"너는, 너는……."

영호는 아무 대답도 하지 않았다. 그러나 눈만은 똑바

and lit it from the butt he had just finished.

"Let's go!"

Mother's voice again. She was asleep but she still shrilled her "Let's go, let's go!" Probably it was now a physiological function for her, like breathing.

Ch'ŏrho glared at Yŏngho, who was gazing glassy-eyed at the ends of the two feet still stretched out before him. After a while, Ch'ŏrho turned away. He leaned back against the partition dividing the two rooms, then turned and settled on his side.

The little face of his sleeping daughter looked plaintive in the faint lamp light. Beside the child sat Ch'ŏrho's wife. One knee was drawn up, her hand resting on it to prop her chin. She had been sitting there all the while, listening to Ch'ŏrho and Yŏngho as they talked—just thinking her thoughts while her free hand stroked and stroked the child's red shoes, arranged on the floor beside her.

Ch'ŏrho dropped his head, burying his chin in his chest.

Yŏngho took three or four drags, one after the other, on his fresh cigarette, before resuming.

"Don't get me wrong, Brother, I really do under-stand your view of life—no matter how poor we are, at least we'll live a clean life. Sure, it's good to

로 형 철호를 쳐다보고 있었다.

"그렇게나 살자면 이 형도 벌써 잘살 수 있었다."

철호의 목소리는 떨리고 있었다.

"그렇게나라니요?"

"양심을 버리고, 윤리와 관습을 무시하고, 법률까지도 범하고!?"

흥분한 철호의 큰 목소리에 영호는 지금까지 철호의 얼굴에 주었던 시선을 앞으로 죽 뻗치고 앉은 자기의 발끝으로 떨구었다.

"저도 형님을 존경하고 있어요. 고생하시는 형님을. 용케 이 고생을 참고 견디는 형님을. 그렇지만 형님은 약한 사람이야요. 용기가 없는 거지요. 너무 양심이 강해요. 아니 어쩌면 사람이 약하면 약한 만치, 그만치 반대로 양심이란 가시는 여물고 굳어지는 것인지도 모르죠."

"양심이란 가시?"

"네, 가시지요. 양심이란 손끝의 가십니다. 빼어버리면 아무렇지도 않은데 공연히 그냥 두고 건드릴 때마다 깜짝깜짝 놀라는 거야요. 윤리요? 윤리. 그런 나일론 빤쓰 같은 것이죠. 입으나 마나 불알이 덜렁 비쳐 보이기

live a clean life. But do we have to make such sac-
rifices just for you to keep clean? Dressed in rags,
starving? You do it even to yourself. You have a
bad tooth that throbs day and night, but you don't
do anything about it. When someone has a tooth-
ache, he should see a dentist and get the tooth
fixed or pulled. But you just put up with the pain. I
suppose there isn't much choice since you don't
have the money to pay the dentist. That's the trou-
ble. What I mean is, you've got to get that money
somehow. Your teeth are aching, so what do you
do? You would say that putting up with a toothache
is the same as making money— that not spending
the money for the dental fee amounts to earning it.
That may be true. But you can't say it's earning
money when you've got none to spend in the first
place, don't you see that? It seems there are three
levels of people in this world. First are those who
earn more than they need, just for the sake of col-
lecting it. Then there are those who earn what they
need because they need it. Finally, there are those
who can't earn even what they really need, and so
cut down on their standard of living. You probably
belong in that lowest category—living as if you
were fitting your foot to the shoe, rather than the

는 매한가지죠. 관습이요? 그건 소녀의 머리 위에 달린 리본이라고나 할까요? 있으면 예쁠 수도 있어요. 그러나 없대서 뭐 별일도 없어요. 법률? 그건 마치 허수아비 같은 것입니다. 허수아비. 덜 굳은 바가지에다 되는 대로 눈과 코를 그리고 수염만 크게 그린 허수아비. 누더기를 걸치고 팔을 쩍 벌리고 서 있는 허수아비. 참새들을 향해서는 그것이 제법 공갈이 되지요. 그러나 까마귀쯤만 돼도 벌써 무서워하지 않아요. 아니 무서워하기는커녕 그놈의 상투 끝에 턱 올라앉아서 썩은 흙을 쑤시던 더러운 주둥이를 쓱쓱 문질러도 별일 없거든요. 흥."

영호는 코웃음을 쳤다. 그리고 거기 문턱 밑에 담뱃갑에서 새로 담배를 한 개 빼어 물고 지금까지 들고 있던 다 탄 꽁다리에서 불을 옮겨 빨았다.

"가자!"

어머니의 그 소리가 또 들렸다. 어머니는 분명히 잠이 들어 있는 것이었다. 그러면서도 간간이 저렇게 가자 가자 소리를 지르는 것이었다. 그것은 어쩌면 어머니에게는 호흡처럼 생리화해 버린 것인지도 몰랐다.

철호는 비스듬히 모로 앉은 동생 영호의 옆얼굴을 한

shoe to the foot. You'd say you have no choice in the matter since you intend to lead a clean life. It's clean all right, but that's all it is. There you'll be, cupping your aching, swollen cheek, forever on the verge of tears. Isn't that right? If life were only a ten-*hwan* peep show set up in some alley for runny-nosed kids to watch, you could just look into that hole, see your ten *hwan*'s worth, and be done with it. But do you really think life's a peep show, where you can live as far as your pocket allows and then, if you like, be done with it? Do you? Like some obliging gullet that lets you eat only what you can afford and asks no more? The problem is that we've got to live whether we like it or not. Life isn't worth killing yourself over either. And that is a fact. To stay alive, you need money. And when you need money you've got to find it. Why shouldn't we give ourselves a little more elbow room? Who's to stop us from pushing the limits of the law? Why do we alone have to suffocate inside this cramped cell of conscience when other people have chucked all the niceties and gone beyond the law? What is the law, after all—isn't it just a line we agreed on among ourselves?"

Yŏngho threw his head back, undid his half-loos-

참이나 노려보고 있었다. 영호는 영호대로 퀭한 두 눈으로 깜박이기를 잊어버린 채 아까부터 앞으로 뻗친 자기의 발끝을 바라보고 있었다. 이윽고 철호는 영호에게서 눈을 돌려버렸다. 그리고 아랫방과 윗방 사이 칸막이를 한 널쪽에 등을 기대며 모로 돌아앉았다. 희미한 등잔불 빛에 잠든 딸애의 조그마한 얼굴이 애처로웠다. 그 어린것 옆에 앉은 철호의 아내는 왼쪽 무릎을 세우고 그 위에 손을 펴 깔고 턱을 괴었다. 아까부터 철호와 영호, 형제가 하는 말을 조용히 듣고만 있는 그네는 무엇을 생각하고 있는지 한쪽 손끝으로, 거기 방바닥에 가지런히 놓인 빨간 어린애의 신발만 몇 번이고 쓸어보고 있었다.

철호는 고개를 푹 떨구어 턱을 가슴에 묻었다. 영호는 새로 피워 문 담배를 연거푸 서너 번 들이빨았다. 그리고 또 말을 계속하였다.

"저도 형님의 그 생활 태도를 잘 알아요. 가난하더라도 깨끗이 살자는. 그렇지요, 깨끗이 사는 게 좋지요. 그런데 형님 하나 깨끗하기 위하여 치르는 식구들의 희생이 너무 어처구니없이 크고 많단 말입니다. 헐벗고 굶주리고. 형님 자신만 해도 그렇죠. 밤낮 쑤시는 충치 하

ened necktie, and gave it a toss into the corner of the room.

Ch'ŏrho sat silently, his chin buried deep in his chest. He was looking down at his two big toes, which poked boldly out of his worn socks. He had heard that a pair of nylon socks could easily last half a year without wearing through. But he would still buy 100-*hwan* cotton socks every time. With his salary he could not possibly lay out 700 *hwan* all at once.

"Let's go!"

Their mother turned over again in her sleep.

"You're talking nonsense, Yŏngho."

Ch'ŏrho slowly looked up. The squatting shadow of his wife loomed large on the newspaper-covered wall across from him. Ch'ŏrho closed his eyes and leaned his head against the wall.

Before him appeared his wife as she had been some ten years before. Dressed in a white blouse and a black skirt, she was the more beautiful standing up there on the stage. It was the graduation recital at the women's university and, when she finished her song, the applause went on without end. How fresh was her beauty as they strolled together

나 처치 못 하시고. 이가 쑤시면 치과에 가서 치료를 하거나 빼어버리거나 해야 할 것 아니야요. 그런데 형님은 그것을 참고 있어요. 낯을 잔뜩 찌푸리고 참는단 말입니다. 물론 치료비가 없으니까 그러는 수밖에 없겠지요. 그겁니다. 바로 그겁니다. 그 돈을 어떻게든지 구해야죠. 이가 쑤시는데 그럼 어떻게 해요. 그걸 형님처럼, 마치 이 쑤시는 것을 참고 견디는 그것이 돈을—치료비를 버는 것이거나 한 것처럼 생각하는 것. 안 쓰는 것은 혹 버는 셈이 된다고 할 수도 있을 거야요. 그렇지만 꼭 써야 할 데 못 쓰는 것이 버는 셈이라고는 할 수 없지 않아요. 세상에는 이런 세 층의 사람들이 있다고 봅니다. 즉 돈을 모으기 위해서만으로 필요 이상의 돈을 버는 사람과, 필요하니까 그 필요하니만치의 돈을 버는 사람과, 또 하나는 이건 꼭 필요한 돈도 채 못 벌고서 그 대신 생활을 조리는[9] 사람들. 신발에다 발을 맞추는 격으로. 형님은 아마 그 맨 끝의 층에 속하겠지요. 필요한 돈도 미처 벌지 못하는 사람. 깨끗이 살자니까 그럴 수밖에 없다고 하시겠지요. 그래요. 그것은 깨끗하기는 할지 모르죠. 그렇지만 그저 그것뿐이지요. 언제까지나 충치가 쏘아 부은 볼을 싸쥐고 울상일 수밖에 없지요.

around the streets that evening. But the one who was squatting before Ch'ŏrho now was not the wife of those days. She was more like some dull-witted animal. She had even given up hoping. Ch'ŏrho slowly opened his eyes. Only her eyelashes were the same—long and black as they once had been.

"Let's go!"

Ch'ŏrho emerged with a start from his reveries.

"Nonsense ? Maybe, maybe so."

Yŏngho, his eyes on the flickering lamp, spoke listlessly.

"But according to what you say, Yŏngho, everyone who has money is bad. What else could you mean?"

"Oh, no. When did I divide people into good and bad? Who's bad? And for what reason? Or do you mean bad for living well? Good or bad is no basis for drawing lines, you know."

"But you just said that if you want to live well, you've got to forget all about conscience and ethics. That's what you said, isn't it?"

"Not at all; you don't understand. This is what I mean: I admit you can live a model life and still be well off. But that's very rare. On the other hand, if you just forget about all the little niceties, you can

그렇지 않습니까? 그야 형님! 인생이 저 골목 안에서 십 환짜리를 받고 코 흘리는 어린애들에게 보여주는 요지 경이라면야 자기가 가지고 있는 돈값만치 구멍으로 들 여다보고 말 수도 있겠지요. 그렇지만 어디 인생이 자 기 주머니 속의 돈 액수만치만 살고 그만두고 싶다면 그만둘 수 있는 요지경인가요 어디. 돈만치만 먹고 말 수 있는 그런 편리한 목구멍인가요 어디. 싫어도 살아 야 하니까 문제지요. 사실이지 자살을 할 만치 소중한 인생도 아니고요. 살자니까 돈이 필요하구요. 필요한 돈이니까 구해야죠. 왜 우리라고 좀 더 넓은 테두리, 법 률선(法律線)까지 못 나가란 법이 어디 있어요. 아니 남 들은 다 벗어던지구 법률선까지도 넘나들면서 사는데, 왜 우리만이 옹색한 양심의 울타리 안에서 숨이 막혀야 해요. 법률이란 뭐야요. 우리들이 피차에 약속한 선이 아니야요?"

영호는 얼굴을 번쩍 들며 반쯤 끌러놓았던 넥타이를 마저 끌러서 방구석에 픽 던졌다.

철호는 여전히 턱을 가슴에 푹 묻은 채 묵묵히 앉아 두 짝 다 엄지발가락이 몽땅 밖으로 나온 뚫어진 양말 을 내려다보고 있었다. 나일론 양말을 한 켤레 사면 반

be sure to live well."

"That's just the kind of nonsense I was talking about. You're wrong. You've got things twisted up in some part of your mind."

"Twisted, you say? For all I know that may be true. Twisted—no doubt about it. Only I should have been twisted a long time ago. Before mother got the way she is. Before the Han River Bridge was blown up, I mean. Or before our little sister Myŏngsuk turned whore for the Americans. Before we came back to Seoul when the war ended. Then we could at least find an empty stall in the East Gate Market. Or before I got this hunk of shrapnel blown into my belly—sitting there like part of my guts. No, even before that. Back before I volunteered for the army, like some kind of patriot swearing to pay back Mother's enemies—while all the others were dodging the draft—even before that, way before that. It might have been better had I been born twisted."

Yŏngho's head sank and he heaved a sigh. Ch'ŏrho said nothing for a long time. His wife idly rubbed teardrops into the floor with her fingertips. Yŏngho, too, was snuffling.

"But that's not what life is about. You still haven't

61

년은 무난히 뚫어지지 않고 견딘다는 말을 들었다. 그러나 뻔히 알면서도 번번이 백 환짜리 무명 양말을 사들고 들어오는 철호였다. 칠백 환이란 돈을 단번에 잘라낼 여유가 도저히 없는 월급이었던 것이다.

"가자!"

어머니는 또 몸을 뒤채었다.

"그건 억설이야."

철호는 천천히 고개를 들었다. 신문지를 바른 맞은편 벽에, 쭈그리고 앉은 아내의 그림자가 커다랗게 비쳐 있었다. 꼽추처럼 꼬부리고 앉은 아내의 그림자는 헝클어진 머리카락이 괴물스러웠다. 철호는 눈을 감았다. 머리마저 등 뒤 칸막이 반자에 기대었다.

철호의 감은 눈앞에 십여 년 전 아내가 흰 저고리 까만 치마를 입고 선히 나타났다. 무대에 나선 그네는 더욱 예뻤다. E 여자대학 졸업 음악회였다. 노래가 끝나자 박수 소리가 그칠 줄을 몰랐다. 그날 저녁 같이 거리를 거닐던 그네는 정말 싱싱하고 예뻤다. 그러나 지금 철호 앞에 쭈그리고 앉은 아내는 그때의 그네가 아니었다. 무슨 둔한 동물처럼 되어버린 그네. 이제 아무런 희망도 가져보려고 하지 않는 아내. 철호는 가만히 눈을

the vaguest idea of how a man must live."

"You're right. I really don't know how a man ought to live. But if we're going to keep alive, just survive right now when men are at each other's throats, I think I know how to take care of myself."

Yŏngho glanced toward the ceiling and with tear-filled eyes laughed as if in scorn for himself.

"Let's go!"

Mother again. Yŏngho turned his eyes toward the next room. Ch'ŏrho gave a long sigh. Suddently the lamp light fluttered and the shadows all around the room moved; it seemed as if the whole house moved. And then all was still.

From somewhere in the alley came the sharp sound of footfalls. They came slowly closer and stopped right in front of the door to the next room. Yŏngho turned in that direction. The warped door opened after a creak or two and their younger sister, Myŏngsuk, stepped inside. In her black two-piece suit, she looked just like any fresh, young office girl.

"You're late," said Yŏngho. He sat as before, legs stretched out, only his head acknowledging his sister.

Myŏngsuk turned without an answer to remove

떴다. 그래도 아내의 살눈썹만은 전처럼 까맣고 길었다.

"가자!"

철호는 흠칫 놀라 환상에서 깨어났다.

"억설이요? 그런지도 모르죠."

한참이나 잠잠하니 앉아 까물거리는 등잔불을 바라보던 영호의 맥 빠진 대답이었다.

"네 말대로 한다면 돈 있는 사람들은 다 나쁜 사람이란 말밖에 더 되나 어디."

"아니죠. 제가 어디 나쁘고 좋고를 가렸어요. 나쁘긴 누가 나빠요? 왜 나빠요? 아 잘사는 게 나빠요? 도시 나쁘고 좋고부터 따질 아무런 선도 없지요 뭐."

"그렇지만 지금 네 말로는 잘살자면 꼭 양심이고 윤리고 뭐고 다 버려야 한다는 것이 아니고 뭐야."

"천만에요. 잘못 이해하신 겁니다. 간단히 말씀드리면 이렇다는 것입니다. 즉 양심껏 살아가면서 잘살 수도 있기는 있다. 그러나 그것은 극히 적다. 거기에 비겨서 그 시시한 것들을 벗어던지기만 하면 누구나 틀림없이 잘살 수 있다."

"그것이 바로 억설이란 말이다. 마음 한구석이 어딘가

her black shoes and set them in a corner of the next room. Then she gave her handbag a toss into another corner. She had just hung up her blouse and skirt when she flopped out on the floor and pulled a blanket over her head.

Ch'ŏrho kept his silent gaze on the lamp light. He was thinking of Myŏngsuk as he had seen her once outside the streetcar window on his way home from work. His streetcar stopped for the traffic signals at the Ŭlchiro intersection. Hanging onto an overhead strap, Ch'ŏrho was gazing aimlessly out the window when an American army jeep pulled up beside the streetcar. A Korean girl in sunglasses was sitting next to the American soldier at the wheel. The girl was Myŏngsuk. There, just below where Ch'ŏrho was standing. One hand draped over the steering wheel, the American casually held Myŏngsuk close with his free arm, facing her and talking. Myŏngsuk, legs crossed, nodded as she looked ahead. A taxi drew up on the other side of the jeep and the driver's young helper sniggered as he eyed Myŏngsuk and the soldier. It was the same inside the streetcar: the young men standing next to Ch'ŏrho were muttering to each other.

"She knows how to dress, though."

비틀려서 하는 억지란 말이다."

"글쎄요, 마음이 비틀렸다고요. 그건 아마 사실일는지 모르겠어요. 분명히 비틀렸어요. 그런데 그 비틀리기가 너무 늦었어요. 어머니가 저렇게 미치기 전에 비틀렸어야 했지요. 한강철교를 폭파하기 전에 말입니다. 하나 밖에 없는 누이동생 명숙(明淑)이가 양공주가 되기 전에 비틀렸어야 했지요. 환도령(還都令)이 내리기 전에. 하다못해 동대문시장에 자리라도 한 자리 비었을 때 말입니다. 그러구 이놈의 배때기에 지금도 무슨 내장이기나 한 것처럼 박혀 있는 파편이 터지기 전에 말입니다. 아니 그보다도 더 전에, 제가 뭐 무슨 애국자나처럼 남들은 다 기피하는 군대에 어머니의 원수를 갚겠노라고 자원하던 그 전에 말입니다."

"……."

"……그보다도 더 전에 썩 전에 비틀렸어야 했을지 모르죠. 나면서부터 비틀렸더라면 더 좋았을지도 모르죠."

영호는 푹 고개를 떨구었다. 길게 한숨을 내쉬었다. 그 한숨이 후르르 떨고 있었다. 철호는 한참 동안 아무 말도 하지 않았다. 윗목에 앉아 있던 철호의 아내가 방

"Dress? Oh, the sunglasses, you mean."

"Not a bad business. No capital to worry about."

"Wonder if that kind ever gets married."

"Mmm."

Ch'ŏrho released the strap, turned, and crossed the aisle to the middle door on the opposite side of the car. He wasn't just sick at heart. Something beyond words, like burning charcoal, had thrust itself hard into his throat. He felt all in a daze. Like after a yawn, his nose tingled and tears brimmed in his eyes. He gritted his teeth with a sudden urge to drive his head right through the large glass window in front of him. The bell sounded and the car lurched into motion. Ch'ŏrho leaned his shoulder against the door and closed his eyes.

Since that day Ch'ŏrho had said not one word to his sister. And she, for her part, had taken no notice of him.

"Why don't we try and get some sleep too?"

Yŏngho sat up straight and stretched.

The lamp was put out, and between the rooms the sliding door was closed.

Ch'ŏrho was exhausted but couldn't get to sleep. The night was so still—time seemed to have stopped.

바닥에 떨어진 눈물을 손끝으로 장난처럼 문지르고 있
었다. 영호도 훌쩍훌쩍 코를 들이켜고 있었다.

"그렇지만 인생이란 그런 게 아니야. 너는 아직 사람
이란 어떻게 살아야만 하는 것인지조차도 모르고 있
어."

"그래요, 사람이란 과연 어떻게 살아야 하는 것인지는
정말 모르겠어요. 그렇지만 이제 이 물고 뜯고 하는 마
당에서 살자면, 생명만이라도 유지하자면 어떻게 해야
할는지는 알 것 같애요. 허허."

영호는 눈물이 글썽하니 괸 눈을 천장을 향해 쳐들며
자기 자신을 비웃듯이 허허 하고 웃었다.

"가자!"

또 어머니는 가자고 했다. 영호는 아랫목으로 눈을 돌
렸다. 철호는 길게 한숨을 쉬었다. 앞의 등잔불이 크게
흔들거렸다. 방 안의 모든 그림자들이 움직였다. 집 전
체가 그대로 기울거리는 것 같았다. 그것뿐 조용했다.
밤이 꽤 깊은 모양이었다. 세상이 온통 잠들고 있었다.

저만치 골목 밖에서부터 딱 딱 딱 딱 구둣발 소리가
뾰족하게 들려왔다. 점점 가까워 왔다. 바로 아랫방 문
앞에서 멎었다. 영호는 문께로 얼굴을 돌렸다. 삐걱삐

His wife moaned in her sleep. Ch'ŏrho closed his eyes. He felt himself somewhere remote, distant. Finally he was falling asleep.

"Let's go!"

The mother's voice was strangely loud in the sleeping night. Ch'ŏrho opened his eyes with a start and slowly adjusted them to the darkness. What day is it, he wondered. The moonlight slipping in through a crack in the door drew a straight, blue line from the head to the feet of his sleeping daughter. Ch'ŏrho closed his eyes again. He sighed heavily and turned toward the wall.

"Let's go!"

Again the shrill voice. Ch'ŏrho did not stir. Even he had fallen fast asleep.

But this time Myŏngsuk, in the next room, opened her eyes. Lying between her mother and Yŏngho, she reached slowly into the darkness and groped for her mother's hand. Flesh just barely wrapped the bones. There was no warmth in the hand, only a slippery dampness. Myŏngsuk turned over and lay facing her mother. She reached out again and took the skeletal hand between her palms.

"Let's go!"

The mother gave no response to the daughter's

걱 두어 번 비틀리던 방문이 열렸다. 여동생 명숙이가 들어섰다. 싱싱한 몸매에 까만 투피스가 제법 어느 회사의 여사무원 같았다.

"늦었구나."

영호가 여전히 두 다리를 쭉 뻗고 앉은 채 고개만 뒤로 젖혀서 명숙을 쳐다보았다.

명숙은 영호의 말에 아무런 대꾸도 없이 돌아서서 문밖에서 까만 하이힐을 집어 올려 아랫방 모서리에 들여놓았다. 그리고 백을 휙 방구석에 던졌다. 겨우 윗저고리와 스커트를 벗어 건 명숙은 아랫방 뒷구석에 가서 털썩 하고 쓰러지듯 가로누워 버렸다. 그리고 거기 접어놓은 담요를 끌어다 머리 위에서부터 푹 뒤집어썼다.

철호는 명숙을 거들떠보지도 않고 덤덤히 등잔불만 지켜보고 있었다.

철호는 언젠가 퇴근하던 길에 전차 창문 밖에서 본 명숙의 꼴을 생각하고 있는 것이었다.

철호가 탄 전차가 을지로 입구 십자거리에서 머물러 신호를 기다리고 있었다. 손잡이를 붙들고 창을 향해 서 있던 철호는 무심코 밖을 내다보았다. 전차 바로 옆에 미군 지프차가 한 대 와 섰다. 순간 철호는 확 낯이

touch, merely cried out again into the void.

"Mama!" Myŏngsuk's voice was low. She gently shook the bony hand.

"Let's go!"

"Mama!" Myŏngsuk began to sob. She took her mother's hand and covered her own mouth with it. "Mama!" Her breath stifled, Myŏngsuk's weeping slowed to sighs and she began to nibble on her mother's fingers. "You've nothing to be afraid of."

Beside her, Yŏngho spoke in his sleep. "Let's go!"

Their mother pulled her hand out of Myŏngsuk's and turned away.

Again Myŏngsuk yanked her blanket up over her head. She lay sobbing underneath.

In Ch'ŏrho's room their daughter called out for her mother.

In his sleep, Ch'ŏrho registered the distant sound but did not wake up.

"Mama." Again the girl called out.

"Uh, uh. What? Mama's right here."

Ch'ŏrho woke to the voice of his half-roused wife. He heard her take the girl in her arms. Listening to the muffled voices, he slipped wearily back to sleep.

달아올랐다.

핸들을 쥔 미군 바로 옆자리에 색안경을 쓴 한국 여자가 앉아 있었다. 그것이 바로 명숙이었던 것이다. 바로 철호의 턱밑에서였다. 역시 신호를 기다리는 그 지프차 속에서 미군은 한 손은 핸들에 걸치고 또 한 팔로는 명숙의 허리를 넌지시 끌어안는 것이었다. 미군이 명숙의 얼굴을 들여다보며 뭐라고 수작을 걸었다. 명숙은 다리를 겹치고 앉은 채 앞을 바라보는 자세 그대로 고개를 까딱거렸다. 그 미군 지프차 저편에 와 선 택시 조수가 명숙이와 미군을 쳐다보며 피시시 웃었다. 전찻간에서도 마찬가지였다. 철호 바로 옆에 나란히 서 있던 청년들이 쑥떡거렸다.

"그래도 멋은 부렸네."

"멋? 그래 색안경을 썼으니 말이지?"

"장사치곤 고급이지, 밑천 없이."

"저것도 시집을 갈까?"

"흥."

철호는 손잡이를 놓았다. 그리고 반대편 가운데 문께로 가서 돌아서고 말았다. 그것은 분명히 슬픈 감정만은 아니었다. 뭐라고 말할 수조차 없는 숯덩어리 같은

"Wee-wee."

"You want to wee-wee? Up we go. That's a good girl."

Ch'ŏrho's wife sat up and lifted the child to her feet. Then she took a tin can from the corner and held it in place for her.

"Oh, look! Uncle Yŏngho bought you your shoes. Want to see how pretty they are?"

With her daughter propped over the can, she reached with her free hand and picked up the shoes lying by the child's pillow. Only their outline showed in the faint moonlight, the color was lost in the dark.

"Are they mine, Mama?"

"Yes, dear. They're all yours."

"Pretty?"

"Very pretty, they're red."

"Mmm..."

The girl's voice was full of sleep. She took the shoes in her hands and hugged them to her chest.

"Now, let's put them down and go back to sleep."

"Umm. Can I wear them tomorrow?"

"Of course, dear."

The child buried herself in the bedding.

"Mama. Can I wear them tomorrow?"

것이 꽉 목구멍을 치밀었다. 정신이 아뜩해지는 것 같았다. 하품을 하고 난 뒤처럼 콧속이 싸하니 쓰리면서 눈물이 징 솟아올랐다. 철호는 앞에 있는 커다란 유리를 꽉 머리로 받아 부수고 싶은 충동을 느끼며 어금니를 꽉 맞씹었다. 찌르르 벨이 울렸다. 덜커덩 전차가 움직였다. 철호는 문짝에 어깨를 가져다 기대고 눈을 감아버렸다.

그날부터 철호는 정말 한마디도 누이동생 명숙이와 말을 하지 않았다. 또 명숙이도 철호를 본체만체였다.

"자, 우리도 이제 잡시다."

영호가 가슴을 펴서 내어밀며 바로 앉았다.

등잔불을 끄고 두 방 사이의 문을 닫았다.

폭 가라앉은 것같이 피곤했다. 그러면서도 철호는 정작 잠을 이룰 수는 없었다. 밤은 고요했다. 시간이 그대로 흐르기를 멈추어버린 것같이 조용했다. 철호의 아내도 이제 잠이 들었나 보다. 앓는 소리를 내었다. 철호는 눈을 감았다. 어딘가 아득히 먼 것을 느끼고 있었다. 철호도 잠이 들어가고 있었다.

"가자!"

다들 잠든 밤의 그 어머니의 소리는 엉뚱하게 컸다.

"Of course."

She had always been told to take special care of anything good and so had asked once more, just to be sure.

Her mother carefully tucked her in, then lay down beside her.

They were all asleep again. For a while the moon-light shone across the breadth of Ch'ŏrho's chest.

Slowly the girl looked up. She turned over on her stomach and stretched her small hands across the pillow to fondle the shoes. Reassured, she lay back down, head on the pillow, and was quiet. But after a while she stirred again. She pulled the shoes close to her and poked with her tiny fingers at their toes. Then she sat up and put the shoes on her knees. She held them up and examined them in the moonlight, turning them over to see the soles. One shoe in each hand, she matched the rubber soles against each other. Then she stuck her feet out and gingerly put the shoes on. Still sitting, she tried making steps on the floor.

"Let's go!"

The girl startled. She quickly took off the shoes and put them back where they had been. After one last look, she eased herself down and wriggled into

철호는 흠칫 눈을 떴다. 차츰 눈이 어둠에 익어갔다. 며칠인가, 문틈으로 새어든 달빛이 철호의 옆에서 잠든 딸애의 머리에서부터 발끝까지 죽 파란 줄을 그었다. 철호는 다시 눈을 감았다. 길게 한숨을 쉬며 벽을 향해 돌아누웠다.

"가자!"

또 어머니가 소리를 질렀다. 그러나 철호는 눈을 뜨지 않았다. 그도 마저 잠이 들어버린 것이었다.

그런데 이번에는 아랫방에서 명숙이가 눈을 떴다. 아랫목에 어머니와 윗목에 오빠 영호 사이에 누운 명숙은 어둠 속에 가만히 손을 내어밀었다. 어머니의 손을 더듬어 잡았다. 뼈 위에 겨우 가죽만이 씌워진 손이었다. 그 어머니의 손에서는 체온이 느껴지는 것이 아니라 축축이 습기가 미끈거렸다. 명숙은 어머니 쪽을 향하여 돌아누웠다. 한쪽 손을 마저 내밀어서 두 손으로 어머니의 송장 같은 손을 감싸 쥐었다.

"가자!"

딸의 손을 느끼는지 못 느끼는지 어머니는 또 한 번 허공을 향해 가자고 소리 질렀다.

"엄마!"

her blanket.

When you go without lunch, the hardest part of the day is the hour from two to three. Ch'ŏrho laid his pen down on the account book and looked toward the far corner where the office boy sat, his back to him. What he wanted was another cup of barley tea. It was all right, he thought, to ask the boy twice to bring him tea, but a third time would be an imposition. Ch'ŏrho pushed back his chair and got up. Taking the tea cup on the corner of his desk, he went out the main door to the hallway, where a large kettle was boiling on the burner. He poured himself tea, the warm aroma wafting upwards, and balancing the hot cup between his fingers, carefully carried it back to his desk. He lifted the cup to his lips, blew on it, and was just having a sip when the office boy approached.

"Mr. Song. Telephone for you, sir."

Ch'ŏrho set the cup down and went to the section chief's desk to take the call.

"Hello, Song Ch'ŏrho speaking. What? Police station? Yes, I'm Song Ch'ŏrho. What? Song Yŏngho? Yes, he's my younger brother. What was that? Yes... yes, Song Yŏngho was what? My brother? Yes, I'll

명숙이의 낮은 소리였다. 명숙은 두 손으로 감싸 쥔 어머니의 여윈 손을 가만히 흔들었다.

"가자!"

"엄마!"

기어이 명숙은 흐느끼기 시작하였다. 명숙은 어머니의 손을 끌어다 자기의 입에 틀어막았다.

"엄마!"

숨을 죽여가며 참는 명숙의 울음은 한숨으로 바뀌며 어머니의 손가락을 입 안에서 잘근잘근 씹어보는 것이었다.

"겁내지 말라."

옆에서 영호가 잠꼬대를 했다.

"가자!"

어머니는 명숙의 손에서 자기의 손을 빼어가지고 저쪽으로 돌아누워 버렸다.

명숙은 다시 담요를 끌어다 머리 위까지 푹 썼다. 그리고 담요 속에서 흐득흐득 울고 있었다.

"엄마."

이번엔 윗방에서 어린것이 엄마를 불렀다.

철호는 잠 속에서 멀리 그 소리를 들었다. 그러면서도

come immediately. Yes, sir."

Ch'ŏrho hung up and stared blankly at the receiver in its cradle. The eyes of the entire office were on him.

The section chief looked up from his papers. "What's wrong? Was your brother in a traffic accident?"

"Yes? Oh, yes, sir. It'll only take a moment. I'll be right back, sir."

Leaving his barley tea unfinished, he went out the door. The other office workers exchanged wondering glances.

This was not the first time Ch'ŏrho had been called to the police station. Several times he had had to go identify his sister Myŏngsuk when she was picked up for soliciting American soldiers. Each time he would sit before the judge, head bowed, until Myŏngsuk was led in by a policeman. Without a word, he would take her out the back door. And each time he cried. The only sister he had, but really he resented her. Without once looking at her, Ch'ŏrho would walk ahead along the streetcar line toward his office, and Myŏngsuk would at some point fall back into another street, as if she were a total stranger.

채 잠이 깨어지지는 않았다.

"엄마."

어린것은 또 한 번 엄마를 불렀다.

"오 오, 왜. 엄마 여기 있어."

아내의 반쯤 깬 소리였다. 어린것을 끌어다 안는 모양이었다. 철호는 그 소리를 멀리 들으며 다시 곤히 잠들어 버렸다.

"오줌."

"오, 오줌 누겠니. 자, 일어나. 착하지."

철호의 아내는 일어나 앉으며 어린것을 안아 일으켰다. 구석에서 깡통을 끌어다 대어주었다.

"참, 삼춘이 네 신발 사왔지. 아주 예쁜 거. 볼래?"

깡통을 타고 앉은 어린것을 뒤에서 안아주고 있던 철호의 아내는 한 손으로 어린것의 머리맡에 놓아두었던 신발을 집어다 보여주었다. 희미하게 달빛이 들이비쳤을 뿐인 어두운 방 안에서는 그것은 그저 겨우 모양뿐 색채를 잃고 있었다.

"내 거야? 엄마."

"그래, 네 거야."

"예뻐?"

But this time it was his brother Yŏngho. Ch'ŏrho recalled for a moment Yŏngho's drunken chatter of a few nights before. It made him feel uneasy. Impossible, he assured himself as he went through the station door.

Armed robbery. Listening to the details, Ch'ŏrho could only gape blankly at the detective. The color drained from his face and he felt it harden into an expressionless mask.

A fifteen-million-*hwan* company payroll had been drawn from the bank and loaded into a waiting jeep. Just as the jeep was about to pull away, two men in sunglasses and low-brimmed hats had climbed in with drawn pistols.

"You've nothing to be afraid of! Just drive straight to Ui-dong!"

The driver, and the company employee with him, drove toward Ui-dong, the cold muzzles of the pistols at their backs. They were made to stop the jeep deep inside a remote, wooded area and ordered out. The jeep left them there and headed back toward the city at full speed, It was stopped by the police just shy of Miari, but only one of the men was inside.

The detective asked if Ch'ŏrho wanted to see his

"참 예뻐. 빨강이야."

"응……."

어린것은 잠에 취한 소리로 물으며 신발을 두 손에 받아 가슴에 안았다.

"자, 이제 거기 놔두고 자야지."

"응, 낼 신어도 돼?"

"그럼."

어린것은 오물오물 담요 속으로 파고들어갔다.

"엄마, 낼 신어도 돼?"

"그럼."

뭐든가 좀 좋은 것은 아껴야 한다고만 들어오던 어린 것은 또 한 번 이렇게 다짐하는 것이었다.

아내는 어린것의 담요 가장자리를 꼭꼭 눌러주고 나서 그 옆에 누웠다.

다들 다시 잠이 들었다. 어느 사이에 달빛이 비껴서 칼날 같은 빛을 철호의 가슴으로 옮겼다. 어린것이 부스스 머리를 들었다. 배를 깔고 엎드렸다. 어린것은 조그마한 손을 베개 너머로 내밀었다. 거기 가지런히 놓아둔 신발을 만져보았다. 어린것은 안심한 듯이 다시 베개를 베고 누웠다. 또다시 조용해졌다. 한참 만에 또

brother, but he sat there stupefied, hands resting lifelessly on his knees.

After a moment the rear door of the detective's office opened and there stood Yŏngho.

"Come over here!"

Yŏngho, his hands cuffed in front, walked slowly up to the detective's desk. He nodded slightly toward Ch'ŏrho, who was rising from his chair. Ch'ŏrho's eyes bore into his brother's face, his bony cheeks tightening as he ground his teeth—his habit when he felt distress.

The detective motioned Yŏngho toward his brother. Yŏngho turned and faced him.

"I'm sorry, Ch'ŏrho. The law was no trouble, I got tripped up by human feelings—we should have shot them."

Yŏngho grinned into his brother's face. Then he glanced down toward his cuffed right hand, cocked his thumb back, and fired an imaginary pistol.

Ch'ŏrho stared without blinking at Yŏngho's forehead and the hair that fell over it.

"Why don't you go on home, Brother?" Yŏngho spoke quietly. He seemed sorry for his brother, who stood there like a simpleton.

The detective turned toward the guard standing

어린것이 움직거렸다. 잠이 든 줄만 알았던 어린것은 또 엎드렸다. 머리맡에 신발을 또 끌어당겼다. 조그마한 손가락으로 신발 코를 꼭 눌러보았다. 그러고는 이번에는 아주 자리 위에 일어나 앉았다. 신발을 무릎 위에 들어 올려놓았다. 달빛에다 신발을 들이대어 보았다. 바닥을 뒤집어 보았다. 두 짝을 하나씩 두 손에 갈라들고 고무바닥을 맞대어 보았다. 이번엔 발을 앞으로 내놓았다. 가만히 신발을 가져다 신었다. 앉은 채로 꼭 방바닥을 디디어 보았다.

"가자!"

어린것은 깜짝 놀랐다. 얼른 신발을 벗었다. 있던 자리에 도로 모아놓았다. 그리고 한 번 더 신발을 바라보고 난 어린것은 살그머니 누웠다. 오물오물 담요 속으로 기어 들어갔다.

점심을 못 먹은 배는 오후 두 시에서 세 시 사이가 제일 견디기 힘들었다. 철호는 펜을 장부 위에 놓았다. 저쪽 구석에 돌아앉은 사환애를 바라보았다. 보리차라도 한 잔 더 마시고 싶었다. 그러나 두 잔까지는 사환애를 시켜서 가져오랄 수 있었으나 세 번까지는 부르기가 좀

84

in the doorway. "Take him back."

Yŏngho moved toward the guard. As he was being led out, he stopped and looked back.

"Ch'ŏrho. Take the girl to Hwashin Department Store, will you? I promised."

The door slammed shut. Ch'ŏrho stared at it, his eyes clouding and his vision growing dim until he couldn't see.

"Looks like he didn't intend to use his rights from the beginning."

The detective was murmuring to himself as he pushed the report to one side. Ch'ŏrho dumbly sat down.

"You wouldn't happen to know who the other young man was, would you?"

The detective's voice sounded remote in Ch'ŏrho's ears. "He keeps insisting he did it all alone. But we've got witnesses and 1 think he'll be spilling everything pretty soon."

Ch'ŏrho remained silent.

Ch'ŏrho had no idea where he had gone or how he had gotten there after leaving the police station. He was climbing the hill to his house on legs that staggered as if he were drunk. He entered the mouth

85

미안했다. 철호는 걸상을 뒤로 밀고 일어섰다. 책상 모서리에 놓인 찻종을 집어 들었다. 그리고 출입문으로 나갔다. 복도의 풍로 위에서 커다란 주전자가 끓고 있었다. 보리차를 찻종 하나 가득히 부었다. 구수한 냄새가 피어올랐다. 철호는 뜨거운 찻종을 손가락으로 꼬집어 들고 조심조심 자기 자리로 돌아와 앉았다. 그리고 찻종을 입으로 가져갔다. 후 불었다. 마악 한 모금 들이 마시는 때였다.

"송 선생님 전화입니다."

사환애가 책상 앞에 와 알렸다. 철호는 얼른 찻종을 책상 위에 내려놓았다. 그리고 과장 책상 앞으로 갔다. 수화기를 들었다.

"네, 송철호올시다. 네? 경찰서요……? 전 송철호라는 사람인데요? 네? 송영호요? 네? 바로 제 동생입니다. 무슨?…… 네? 네? 송영호가요? 제 동생이 말입니까? 곧 가겠습니다. 네 네."

철호는 수화기를 걸었다. 그리고 걸어놓은 수화기를 멍하니 내려다보고 서 있었다. 사무실 안 사람들의 시선이 모두 철호에게로 쏠렸다.

"무슨 일인가. 동생이 교통사고라도?"

of the alley.

"Let's go!"

Ch'ŏrho came to a stop. He tossed his head back. Not to look at the sky. He was crying with heavy sighs; the tears ran into his nose and trickled saltily down his throat.

"Let's go!" Ch'ŏrho screamed. "Let's go! Where do you think you can go? Where in God's name can we go?"

Children playing house under the eaves rose to stare at him. But Ch'ŏrho passed them by, oblivious.

"Where've you been all this time, Brother?" said Myŏngsuk as soon as Ch'ŏrho entered the front door. She sounded upset. She was in a corner of the far room rummaging through a wicker hamper; beside her was a pile of worn and patched clothing. His daughter was crouching by the basket, looking over the tatters as if they were treasures. Ch'ŏrho meant to ask where his wife had gone but instead flopped down on the warm spot.

"You'd better get right over to the hospital," said his sister, her back still toward him, as she poked through the hamper.

"The hospital?"

"Yes."

서류를 뒤적이던 과장이 앞에 서 있는 철호를 쳐다보며 말했다.

"네? 네, 저 과장님, 잠깐 다녀오겠습니다."

철호는 마시던 보리차를 그대로 남겨둔 채 사무실을 나섰다. 영문을 모르는 동료들이 서로 옆의 사람의 얼굴을 힐끗 쳐다보는 것이었다.

철호는 전에도 몇 번 경찰서의 호출을 받은 일이 있었다.

양공주 노릇을 하는 누이동생 명숙이가 걸려들면 그 신원보증을 해야 하는 철호였다. 그때마다 철호는 치안관 앞에서 낯을 못 들고 앉았다가 순경이 앞세우고 나온 명숙을 데리고 아무 말도 없이 경찰서 뒷문을 나서곤 하였다. 그럴 때면 철호는 울었다. 하나밖에 없는 누이동생이 정말 밉고 원망스러웠다. 철호는 명숙을 한번 돌아다보는 일도 없이 전찻길을 따라 사무실로 걸었고, 또 명숙은 명숙이대로 적당한 곳에서 마치 낯도 모르는 사람이나처럼 딴 길로 떨어져 가버리곤 하는 것이었다.

그런데 이번에는 누이동생이 아니라 남동생 영호의 건이라고 했다. 며칠 전 밤에 취해서 지껄이던 영호의

"Why the hospital?"

"Your wife's in a bad condition. The baby got stuck."

"What!" Ch'ŏrho felt dizzy.

She had gone into labor around lunchtime, but the baby wouldn't come out. She strained so hard she nearly killed herself, but what finally appeared was not the baby's head, but a leg. That was when they had taken her to the hospital. They had called Ch'ŏrho's office but he was out.

"Maybe the baby's born by now. Either that, or..."

Myŏngsuk was folding small white pieces of cloth. Probably for diapers. Something was odd. Ch'ŏrho's dizziness was gone, and all the strength had seeped out of him. He felt his head finally clearing. It had been a long time, like the day you start recovering from malaria. He had no strength at all but his head was extraordinarily clear. What's there to be alarmed over, he thought in his new calm. He felt the way he did at the office when given a new stack of papers to work on. He pulled a cigarette from his pocket and stuck it in his mouth, as was his habit before starting a new work assignment. Then he rose and went to the door.

Myŏngsuk turned toward him. "Where are you going?" she asked as he was opening the door.

말들이 머리를 스치고 지나갔다. 불안했다. 그런들 설마 하고 마음을 다시 먹으며 철호는 경찰서 문을 들어섰다.

권총 강도.

형사에게서 동생 영호의 사건 내용을 들은 철호는 앞에 앉은 형사의 얼굴을 바보 모양 멍청히 바라보고 있을 뿐이었다. 점점 핏기가 가셔가는 철호의 얼굴은 표정을 잃은 채 굳어가고 있었다.

어느 회사에서 월급을 줄 돈 천오백만 환을 찾아서 은행 앞에 대기시켰던 지프차에 싣고 마악 떠나려고 하는데 중절모를 깊숙이 눌러쓰고 색안경을 낀 괴한 두 명이 차 속으로 올라오며 권총을 내어 들더라는 것이었다.

"겁내지 마라! 차를 우이동으로 돌려라."

운전수와 또 한 명 회사원은 차가운 권총 구멍을 등에 느끼며 우이동까지 갔다고 한다. 어느 으슥한 숲 속에서 차를 세웠다고 한다. 그러고는 둘이 다 차 밖으로 나가라고 한 다음, 괴한들이 대신 운전대로 옮아앉더라고 한다. 운전수와 회사원은 거기 버려둔 채 차는 전속력으로 다시 시내로 향해 달렸단다. 그러나 지프차는

90

"To the hospital."

"But you don't even know which one."

Oh, so I don't, thought Ch'ŏrho.

"It's S Hospital."

Ch'ŏrho placed one foot outside the door.

"You'll need some money, you know."

"Money." Ch'ŏrho stepped back inside and stood looking helplessly down at his toes.

Myŏngsuk got up and went into the next room. She took her handbag down from its hook on the wall. "Here you are."

A bundle of hundred-*hwan* notes landed on the floor in front of Ch'ŏrho. Myŏngsuk had turned away again and was doing something or other with her bag. Ch'ŏrho's eyes came to rest at Myŏngsuk's heels. There was a hole in her nylons the size of an egg. He felt a kind of cleanness about that threadbare heel. For the first time in a long time, a really long time,

Ch'ŏrho felt the love of an older brother for Myŏngsuk.

"Let's go!"

Ch'ŏrho dropped his eyes to the money at his feet. He bent over. His eyes burnt as if full of smoke.

"Are you going to the hospital, Daddy? Did Mama

미아리도 채 못 와서 경찰에 붙들리고 말았다는 것이었다. 그런데 차 안에는 괴한이 한 사람밖에 없었다고 한다.

형사가 동생을 면회하겠느냐고 물었을 때도 철호는 그저 얼이 빠져서, 두 무릎 위에 맥없이 손을 올려놓고 앉은 채 아무 대답도 못 했다.

이윽고 형사실 뒷문이 열리더니 거기 영호가 나타났다.

"이리로 와."

수갑이 채워진 두 손을 배 앞에다 모으고 천천히 형사의 책상 앞으로 걸어 나오는 영호는 거기 걸상에 앉았다 일어서는 철호를 향하여 약간 머리를 끄덕여 보였다. 동생의 얼굴을 뚫어져라고 바라보고 서 있는 철호의 여윈 볼이 히물히물 움직였다. 괴로울 때의 버릇으로 어금니를 꽉꽉 씹고 있는 것이었다.

형사는 앞에 와서 선 영호에게 눈으로 철호를 가리켰다.

영호는 철호에게로 돌아섰다.

"형님, 미안합니다. 인정선(人情線)에 걸렸어요. 법률 선까지는 무난히 뛰어넘었는데. 쏘아버렸어야 하는 건

have a baby?"

"Yes, dear."

Ch'ŏrho stuffed the money into his jacket pocket and stepped out the door.

"Let's go!" The sound of his screaming mother trailed him down the alley.

His wife was dead.

"Oh, really."

Ch'ŏrho looked even more matter-of-fact than the nurse. He walked back down the long hospital corridor out into the wide lobby. He didn't even ask where the body was. He felt as though some very burdensome task were now over with. No, it was also the heavy feeling that now there were all sorts of things to be done. But he hadn't the least idea of what it was he had to do. Ch'ŏrho stood vacantly in the hospital lobby, with only the thought that there was no longer any reason to hurry.

After a time, he went out the main gate and walked slowly along the streetcar tracks. A bicycle whipped by, grazing his elbow. He stopped. He found he was unconsciously walking toward his office. It was long after six o'clock. There was no need to go to the office at this hour. He crossed

데."

영호는 철호의 얼굴을 들여다보며 빙그레 웃었다. 그러고는 옆으로 비스듬히 얼굴을 떨구며 수갑을 채운 오른손 검지를 권총 방아쇠를 당기는 때처럼 까불어서 지그시 당겨보는 것이었다.

철호는 눈도 깜빡하지 않고 그저 영호의 머리카락이 흐트러져 내린 이마를 바라보고 있었다.

"돌아가세요, 형님."

영호는, 등신처럼 서 있는 형이 도리어 민망한 듯이 조용히 말했다.

"수감해."

형사가 문간에 지키고 서 있는 순경을 돌아보았다.

영호는 그에게로 오는 순경을 향해 마주 걸어갔다. 영호는 뒷문으로 끌려나가다 말고 멈춰 섰다. 그리고 뒤를 돌아보았다.

"형님, 어린것 화신 구경이나 한번 시키세요. 제가 약속했었는데."

뒷문이 쾅 닫혔다. 철호는 여전히 영호가 사라진 뒷문을 바라보고 서 있었다. 눈이 뿌옇게 흐려졌다. 아무것도 보이지 않았다.

over the streetcar tracks. Again he walked on, then he stopped again—this time finding himself in front of the police station. He turned around and walked once more. He had no thought of returning home, but his feet were mechanically leading him in the direction of South Gate. Stationery store, radio shop, photo studio, pastry shop: he turned and peered into each of the windows as he walked along, not seeing what was there.

Ch'ŏrho pulled up short. He was staring at a sign the size of a chess board hanging right in front of his eyes. On a white background was lettered Dental Office in crimson paint. Ch'ŏrho suddenly felt the aching in his mouth. The decayed teeth which had been throbbing since morning—no, for much longer—had begun to pain him again. His molars on both sides, uppers and lowers. Actually, he could not even tell which were the teeth that really harbored the ache. He put his hand into his pocket and felt the ten thousand *hwan* there.

Ch'ŏrho took the stairs under the sign and went up to the second floor.

He sat in the dentist's chair, head back and mouth open wide. The dentist picked and poked inside his mouth with all sorts of metal tools. Sleep came

"쏠 의사는 처음부터 없었던 것 같은데."

조서를 한옆으로 밀어놓으며 형사가 중얼거렸다. 철호는 거기 걸상에 가만히 걸터앉았다.

"혹시 그 같이 한 청년을 모르시나요."

철호의 귀에는 형사의 말소리가 아주 멀었다.

"끝내 혼자서 했다고 우기는데, 그러나 증인이 있으니까 이제 차츰 사실대로 자백하겠지만."

여전히 철호는 말이 없었다.

경찰서를 나온 철호는 어디를 어떻게 걸었는지 알 수 없었다. 철호는 술 취한 사람 모양 허청거리는 다리로 자기 집이 있는 언덕길을 올라가고 있었다. 철호는 골목길 어귀에 들어섰다.

"가자!"

철호는 거기 멈춰 섰다. 고개를 뒤로 젖혔다. 그러나 그는 하늘을 쳐다보는 것이 아니었다.

하 하고 숨을 크게 내쉬는 철호는 울고 있었다. 눈물이 콧속으로 흘러서 찝찝하니 목구멍으로 넘어갔다.

"가자. 가자. 어딜 가잔 거야. 도대체 어딜 가잔 거야."

철호는 꽥 소리를 지르고 있었다. 거기 처마 밑에 모

warmly over Ch'ŏrho and he sat, eyes closed, without a thought in his head.

"That hurt a bit, didn't it? The roots were crooked."

The dentist held up the black, decayed tooth in his pliers for Ch'ŏrho to see. Dark red shreds of flesh clung to the malformed roots. Biting on the cotton wad, Ch'ŏrho shook his head. Actually, it did not hurt at all—he couldn't feel anything.

"That does it. You can remove the cotton in about half an hour but it might bleed a bit."

"Would you please pull the one on this side, too?"

Ch'ŏrho spat blood into the basin beside him and pressed his other cheek.

"No, I can't do that. There would be too much bleeding if I took out two molars at once."

"That's all right with me."

"It's not all right. We can pull it tomorrow."

"No, take them out right now. All of them, the whole works."

"Impossible. You've got to get them one at a time, repairing and extracting as you go."

"Repairing? I don't have time for that. They're killing me."

"I know, but I really can't do it. You'd be in real trouble if you developed anemia."

여 앉아서 소꿉질을 하던 어린애들이 부스스 일어서며 그를 쳐다보았다. 철호는 그 앞을 모른 체 지나쳐 버렸다.

"오빠 어딜 그렇게 돌아다뉴."

철호가 아랫방에 들어서자 윗방 구석에서 고리짝을 열어놓고 뒤지고 있던 명숙이가 역한 소리를 했다. 윗방에는 넝마 같은 옷가지들이 한 무더기 쌓여 있었다. 딸애는 고리짝 옆에 쪼그리고 앉아서 명숙이가 뒤져 내놓은 헌옷들을 무슨 진귀한 것이나처럼 지켜보고 있었다. 철호는 아내가 어딜 갔느냐고 물어보려다 말고 그대로 윗방 아랫목에 털썩 주저앉아 버렸다.

"어서 병원에 가보세요."

명숙은 여전히 고리짝을 들추며 돌아앉은 채 말했다.

"병원엘?"

"그래요."

"병원에라니?"

"언니가 위독해요. 어린애가 걸렸어요."

"뭐가?"

철호는 눈앞이 아찔했다.

점심때부터 진통이 시작되었는데 영 해산을 못 하고

He had no choice. Ch'ŏrho left the dentist's and set off again. His gums ached dully but he also felt a kind of relief. He rubbed his cheek.

Soon he came upon another dental office sign. This one, too, was on the second floor.

And this dentist didn't like the idea of extracting a second molar either. That's all right, Ch'ŏrho persisted. And in the end the dentist obliged. When Ch'ŏrho left he now had two wads of cotton to bite on, one per cheek and each the size of a chestnut. His mouth tasted salty. When he stopped at the side of the street to spit, what came out was a deep red, liverish glob of fresh-clotted blood.

Ch'ŏrho turned right after South Gate and headed toward Seoul Station; a chill ran through his body and his head felt light and empty. The street lights flashed on—everything suddenly flared bright around him. But a moment later, the streets went even darker than they had been before.

Ch'ŏrho closed his eyes tightly and then opened them again. It was just the same. He suddenly realized he had eaten neither lunch nor supper. I'd better get something to eat, he thought. Saliva filled his mouth at the idea of stewed beef and rice. He squatted beneath a telephone pole and spat. But it

애를 썼단다. 그런데 죽을 악을 쓰다 보니까 어린애의 머리가 아니라 팔부터 나왔다고 한다. 그래 병원으로 실어 갔는데, 철호네 회사에 전화를 걸었더니 나가고 없더라는 것이었다.

"지금쯤 아마 애를 낳았거나, 그렇지 않으면……."

명숙은 흰 헝겊들을 골라 개켜서 한옆으로 젖혀놓으며 말했다. 아마 어린애의 기저귀를 고르고 있는 모양이었다. 그런데 이상했다. 좀 전에 아찔하던 정신이 사르르 풀리며 온몸의 맥이 쑥 빠져나갔다. 철호는 오래간만에 머릿속이 깨끗이 개는 것을 느꼈다.

말라리아를 앓고 난 다음 날처럼 맥은 하나도 없으면서 머리는 비상히 깨끗했다. 뭐 놀랄 일이 있느냐 하는 심정이 되었다. 마치 회사에서 무슨 사무를 한 뭉텅이 맡았을 때와 같은 심사였다. 철호는 호주머니에서 담배를 꺼내어 물었다. 언제나 새로 사무를 맡아 시작하기 전에 하는 버릇이었다. 철호는 일어섰다. 그리고 문을 열었다.

"어딜 가슈."

명숙이가 돌아보았다.

"병원에."

was not saliva, it was thick blood. As he got up he felt a chilly tingle all over. His legs seemed to be shaking. I'd better find a restaurant, he thought as he dragged himself toward Seoul Station.

"Rice stew."

He pronounced it like the name of a medication and fell forward onto the table. But his mouth filled again with the salty liquid. Ch'ŏrho raised his head and looked once around the eating house. His head was swimming. He stood and walked quickly out the door. Along the alley next to the restaurant he found an open sewer, where he squatted and spat. But in the dark he couldn't see whether it was blood or saliva. He got up wiping his lips with the sleeve of his jacket. Pain jabbed deep at the empty sockets in his mouth; as if in sympathy, his temples gave a sudden jolt. Something's very wrong, he thought. I've got to get home to bed. He came out onto the main street. Finally a taxi came by and he raised his hand.

Ch'ŏrho collapsed into the back seat of the taxi as if he had been pitched inside it.

"Where to, sir?"

They were already moving.

"Liberation Village."

"무슨 병원인지도 모르면서."

철호는 참 그렇다고 생각했다.

"S 병원이야요."

"……."

철호는 슬그머니 문 밖으로 한 발을 내디디었다.

"돈을 가지고 가야지 뭐."

"……돈."

철호는 다시 문 안으로 들어섰다. 우두커니 발부리를 내려다보고 서 있었다. 명숙이가 일어섰다. 그리고 아랫방으로 내려갔다. 벽에 걸어놓았던 핸드백을 벗겼다.

"옛수."

백 환짜리 한 다발이 철호 앞 방바닥에 던져졌다. 명숙은 다시 돌아서서 백을 챙기고 있었다. 철호는 명숙의 뒷모습을 물끄러미 바라보고 있었다. 철호의 눈이 명숙의 발뒤축에 머물렀다. 나일론 양말이 계란만치 구멍이 뚫렸다. 철호는 명숙의 그 구멍 뚫린 양말 뒤축에서 어떤 깨끗함을 느끼고 있었다. 오래간만에 철호는 명숙에 대한 오빠로서의 애정을 느꼈다.

"가자."

어머니가 또 외마디 소리를 질렀다.

The taxi slowed—to get to Liberation Village they would have to turn around. The driver looked for an opening in the rushing traffic. There was a sudden break in the stream of cars and he spun the wheel hard.

"No. Take me to S Hospital," Ch'ŏrho cried out just as the driver was leaning into his turn. He had suddenly thought of his wife's death.

The driver whipped the wheel back the other way. The young helper sitting up front turned to look at Ch'ŏrho, who was wedged into a corner, head thrown back and eyes closed. The car rounded the traffic circle in front of the Bank of Korea.

"No. Take me to X Police Station."

She's already dead, Ch'ŏrho was thinking. He didn't open his eyes.

This time the taxi did not have to change direction.

"Here you are, sir."

Ch'ŏrho opened his eyes. He jerked upright in the seat but then slumped back again.

"No, no. Go on."

"But this is X Police Station, sir."

The helper had turned to speak.

"Let's go."

철호는 눈을 발밑에 돈다발로 떨구었다. 허리를 꾸부렸다. 연기가 든 때처럼 두 눈이 싸하니 쓰렸다.

"아버지 병원에 가? 엄마 애기 났어?"

"그래."

철호는 돈을 저고리 호주머니에 밀어 넣으며 문을 나섰다.

"가자."

골목을 빠져나가는 철호의 등 뒤에서 또 한 번 어머니의 소리가 들려왔다.

아내는 이미 죽어 있었다.

"네, 그래요."

철호는 간호원보다도 더 심상한 표정이었다. 병원의 긴 복도를 휘청휘청 걸어서 널따란 현관으로 나왔다. 시체가 어디 있느냐고 묻지도 않았다. 무엇인가 큰일이 한 가지 끝났다는 그런 기분이었다. 아니 또 어찌 생각하면 무언가 해야 할 일이 많이 생긴 것 같은 무거운 기분이기도 했다. 그러면서도 그 해야 할 일이 무엇인지는 좀처럼 생각이 나질 않았다. 그저 이제는 그리 서두를 필요도 없어졌다는 생각만으로 철호는 거기 병원 현관에 한참이나 우두커니 서 있었다.

Ch'ŏrho's eyes were still closed.

"But where are you going?"

"I don't know, just go."

"Oh no, a troublemaker."

"Is he drunk?"

The driver cocked his head toward the helper.

"Looks like it."

"Just my luck to pick up one of these stray bullets. Doesn't even know where he's headed."

The driver put the car in gear. Ch'ŏrho could hear the driver's distant grumbling as he slipped into what seemed a deep, murky sleep. In his heart, he was talking to himself.

I've too many roles to fulfill. As a son, a husband, father, older brother, a clerk in an accountant's office. It's all too much. Yes, maybe you're right—a stray bullet, let loose by the creator. It's true, I don't know where I'm headed. But I know I must go, now, somewhere.

Ch'ŏrho felt more and more drowsy. Sensation slowly slipped away, like a leg falling asleep.

"Let's go!"

As he slumped heavily on his side Ch'ŏrho could hear his mother's voice once more.

The car reached an intersection. The traffic signal went red, and the car stopped.

이윽고 병원의 큰 문을 나선 철호는 전찻길을 따라서 천천히 걸었다. 자전거가 휙 그의 팔꿈치를 스치고 지나갔다. 그는 멈춰 섰다. 자기도 모르게 그는 사무실 쪽으로 걸어가고 있었다. 여섯 시도 더 지났을 무렵이었다. 이제 사무실로 가야 할 아무 일도 없었다. 그는 전찻길을 건넜다. 또 한참 걸었다. 그는 또 멈춰 섰다. 이번엔 어느 사이에, 낮에 왔던 경찰서 앞에 와 있었다. 그는 또 돌아섰다. 또 걸었다. 그저 걸었다. 집으로 돌아가자는 생각도 아니면서 그의 발길은 자동 기계처럼 남대문 쪽을 향해 걷고 있었다. 문방구점. 라디오방. 사진관. 제과점. 그는 길가에 늘어선 이런 가게의 진열장들을 하나하나 기웃거리며 걷고 있었다. 그러면서도 무엇이 있는지 하나도 보이지는 않았다. 그러던 철호는 또 우뚝 섰다. 그는 거기 눈앞에 걸린 간판을 쳐다보고 있었다. 장기판만 한 흰 판에 빨간 페인트로 치과라고 씌어 있었다. 철호는 갑자기 이가 쑤시는 것을 느꼈다. 아침부터, 아니 벌써 전부터 홀떡홀떡 쑤시는 충치가 갑자기 아팠다. 양쪽 어금니가 아래위 다 쑤셨다. 사실은 어느 것이 정말 쑤시는 것인지조차도 분간할 수가 없었다. 철호는 호주머니에 손을 넣어보았다. 만 환 다발이 만

The helper looked back once more.

"Where are you going?"

But there was no answer from Ch'ŏrho, whose head had dropped forward.

The traffic bell clanged and the long line of cars began to move. Knowing no destination but caught in the moving stream, the taxi carrying Ch'ŏrho likewise had no choice but to move. As it passed under the green traffic signal and moved across the intersection, fresh blood flowing from Ch'ŏrho's mouth began a stain unseen on the front of his white shirt.

Translated by Marshall R. Pihl

져졌다.

철호는 치과 간판이 걸린 층계 이 층으로 올라갔다.

치과 걸상에 머리를 젖히고 입을 아 벌리고 앉았다. 의사는 달가닥달가닥 소리를 내며 이것저것 여러 가지 쇠꼬치를 그의 입에 넣었다 꺼냈다 하였다. 철호는 매시근하니 잠이 왔다. 아무런 생각도 하지 않고 입을 크게 벌린 채 눈을 감고 있었다.

"좀 아팠지요? 뿌리가 꾸부러져서."

의사가 집게에 뽑아든 이를 철호의 눈앞에 가져다 보여주었다. 속이 시꺼멓게 썩은 징그러운 이 뿌리에 뻘건 살점이 묻어나왔다. 철호는 솜을 입에 문 채 머리를 좌우로 흔들어 보였다. 사실 아프지도 아무렇지도 않았다.

"됐습니다. 한 삼십 분 후에 솜을 빼어 버리슈. 피가 좀 나올 겁니다."

"이쪽을 마저 빼주십시오."

철호는 옆의 타구에 피를 뱉고 나서 또 한쪽 볼을 눌러보였다.

"어금니를 한 번에 두 대씩 빼면 출혈이 심해서 안 됩니다."

"괜찮습니다."

"아니, 내일 또 빼지요."

"다 빼주십시오. 한몫에 몽땅 다 빼주십시오."

"안 됩니다. 치료를 해가면서 한 대씩 빼야지요."

"치료요? 그럴 새가 없습니다. 마악 쑤시는걸요."

"그래도 안 됩니다. 빈혈증이 일어나면 큰일 납니다."

하는 수 없었다. 철호는 치과를 나왔다. 또 걸었다. 잇몸이 멍하니 아픈 것 같기도 하고 또 어쩌면 시원한 것 같기도 했다. 그는 한 손으로 볼을 쓸어보았다.

그렇게 얼마를 걷던 철호는 거기에 또 치과 간판을 발견하였다. 역시 이 층이었다.

"안 될 텐데요."

거기 의사도 꺼렸다. 철호는 괜찮다고 우겼다. 한쪽 어금니를 마저 빼었다. 이번에는 두 볼에다 다 밤알만큼씩 한 솜 덩어리를 물고 나왔다. 입 안이 찝찔했다. 간간이 길가에 나서서 피를 뱉었다. 그때마다 시뻘건 선지피가 간 덩어리처럼 엉겨서 나왔다.

남대문을 오른쪽에 끼고 돌아서 서울역이 보이는 데까지 왔을 때 으스스 몸이 한번 떨렸다. 머리가 땡하니 비어버린 것 같다고 생각했다. 바로 그때에 번쩍 거리에 전등이 들어왔다. 눈앞이 한번 환해졌다. 그런데 다음 순간에는 어찌 된 셈인지 좀 전에 전등이 켜지기 전보다 더 거리가 어두워졌다. 철호는 눈을 한번 꾹 감았다 다시 떴다. 그래도 매한가지였다. 이건 뱃속이 비어서 그렇다고 철호는 생각했다. 그는 새삼스레 점심도 저녁도 안 먹은 자기를 깨달았다. 뭐든가 좀 먹어야겠다고 생각했다. 구수한 설렁탕 생각이 났다. 입 안에 군침이 하나 가득히 괴었다. 그는 어느 전주 밑에 가서 쭈그리고 앉아서 침을 뱉었다. 그런데 그건 침이 아니라 진한 피였다. 그는 다시 일어섰다. 또 한 번 오한이 전신을 간질이고 지나갔다. 다리가 약간 떨리는 것 같았다. 그는 속히 음식점을 찾아내어야겠다고 생각하며 서울역 쪽으로 허청허청 걸었다.

"설렁탕."

무슨 약 이름이기나 한 것처럼 한마디 일러놓고는 그는 식탁 위에 엎드려 버렸다. 또 입 안으로 하나 찝찔한 물이 괴었다. 철호는 머리를 들었다. 음식점 안을 한 바퀴 휘 둘러보았다. 머리가 아찔했다. 그는 일어섰다. 그리고 문밖으로 급히 걸어 나갔다. 음식점 옆 골목에 있는 시궁창에 가서 쭈그리고 앉았다. 울컥 하고 입 안의 것을 뱉었다. 그러나 이번에는 주위가 어두워서 그것이 핀지 또는 침인지 알 수 없었다. 철호는 저고리 소매로 입술을 닦으며 일어섰다. 이를 뺀 자리가 쿡 한번 쑤셨다. 그러자 뒤이어 거기에 호응이나 하듯이 관자놀이가 또 쿡 쑤셨다. 철호는 아무래도 좀 이상하다고 생각했다. 이제 빨리 집으로 돌아가 누워야겠다고 생각했다. 그는 다시 큰길로 나왔다. 마침 택시가 한 대 왔다. 그는 손을 한번 흔들었다.

철호는 던져지듯이 털썩 택시 안에 쓰러졌다.

"어디로 가시죠?"

택시는 벌써 구르고 있었다.

"해방촌."

자동차는 스르르 속력을 늦추었다. 해방촌으로 가자면 차를 돌려야 하는 까닭이었다. 운전수는 줄지어 달려오는 자동차의 사이가 생기기를 노리고 있었다. 저만치 자동차의 행렬이 좀 끊겼다. 운전수는 핸들을 잔뜩 비틀어 쥐었다. 운전수가 몸을 한편으로 기울이며 마악 핸들을 틀려는 때였다. 뒷자리에서 철호가 소리를 질렀다.

"아니야, S 병원으로 가."

철호는 갑자기 아내의 죽음을 생각했던 것이었다. 운전수는 다시 휙 핸들을 이쪽으로 틀었다. 운전수 옆에 앉아 있는 조수애가 한번 철호를 돌아다보았다. 철호는 뒷자리 한구석에 가서 몸을 틀어박은 채 고개를 뒤로 젖히고 눈을 감고 있었다. 차는 한국은행 앞 로터리를 돌고 있었다. 그때에 또 뒤에서 철호가 소리를 질렀다.

"아니야, ×경찰서로 가."

눈을 감고 있는 철호는 생각하는 것이었다. 아내는 이미 죽었는데 하고.

이번에는 다행히 차의 방향을 바꿀 필요가 없었다. 그냥 달렸다.

"×경찰서 앞입니다."

철호는 눈을 떴다. 상반신을 번쩍 일으켰다. 그러나 곧 또 털썩 뒤로 기대고 쓰러져 버렸다.

"아니야, 가."

"×경찰섭니다, 손님."

조수애가 뒤로 몸을 틀어 돌리고 말했다.

"가자."

철호는 여전히 눈을 감고 있었다.

"어디로 갑니까?"

"글쎄 가."

"하 참 딱한 아저씨네."

"……."

"취했나?"

운전수가 힐끔 조수애를 쳐다보았다.

"그런가 봐요."

"어쩌다 오발탄(誤發彈) 같은 손님이 걸렸어. 자기 갈 곳도 모르게."

운전수는 기어를 넣으며 중얼거렸다. 철호는 까무룩 히 잠이 들어가는 것 같은 속에서 운전수가 중얼거리는 소리를 멀리 듣고 있었다. 그리고 마음속으로 혼자 생 각하는 것이었다.

'아들 구실. 남편 구실. 애비 구실. 형 구실. 오빠 구실. 또 계리사 사무실 서기 구실. 해야 할 구실이 너무 많구 나. 너무 많구나. 그래 난 네 말대로 아마도 조물주의 오 발탄인지도 모른다. 정말 갈 곳을 알 수가 없다. 그런데 지금 나는 어디건 가긴 가야 한다.'

철호는 점점 더 졸려왔다. 다리가 저린 것처럼 머리의 감각이 차츰 없어져갔다.

"가자!"

철호는 또 한 번 귓가에 어머니의 소리를 들었다고 생각하며 푹 모로 쓰러지고 말았다.

차가 네거리에 다다랐다. 앞의 교통 신호등에 빨간 불이 켜졌다. 차가 섰다. 또 한 번 조수애가 뒤를 돌아보며 물었다.

"어디로 가시죠?"

그러나 머리를 푹 앞으로 수그린 철호는 아무 대답이 없었다.

따르르릉 벨이 울렸다. 긴 자동차의 행렬이 움직이기 시작했다. 철호가 탄 차도 목적지를 모르는 대로 행렬에 끼어서 움직이는 수밖에 없었다. 철호의 입에서 흘러내린 선지피가 흥건히 그의 와이셔츠 가슴을 적시고 있는 것은 아무도 모르는 채 교통 신호등의 파랑 불 밑으로 차는 네거리를 지나갔다.

1) 레이션 곽. 식량이나 보급품 상자.
2) 문걸쇠. '문고리'의 방언.
3) 지리감다. '지르감다'의 북한어. 눈을 찌그리어 감다.
4) 화신. 우리나라 최초의 백화점인 화신백화점.
5) 헤우다. 줄 따위가 팽팽하게 당겨지다. 또는 그렇게 하다.
6) 살눈썹. '속눈썹'의 북한말.
7) 비거(vigour). 설탕이나 엿에 우유, 향료를 넣고 끓여서 굳혀 만든 사탕.
8) 비루. '맥주'의 일본말.
9) 조리다. '줄이다'의 옛말.

《현대문학(現代文學)》, 1959

해설

Afterword

전후 허무주의에서 벗어나려는 몸부림

서재길 (문학평론가)

이범선의 「오발탄」은 1950년대 한국문학을 대표하는
작품 중의 하나이다. 1950년대 문학은 '전후문학'이라는
통칭을 통해서 짐작할 수 있듯 한국전쟁의 압도적인 영
향하에서 창작되었다. 일제 식민지로부터의 해방이라
는 기쁨을 누릴 여유조차 없이 한반도를 휩쓸었던 민족
사적 참극은 1950년대의 작가들로 하여금 세계에 대한
비극적 인식에 기울게 했다. 당시 서구에서 유행하던
실존주의라는 외래 사조는 전쟁이라는 비극적 체험이
잉태한 허무주의와 결합하여 1950년대 문학에 심대한
영향을 끼쳤고, 이 시기의 소설은 인간의 동물적 본성
에 대한 탐구, 인간 관계에 대한 불신, 역사의 진보에 대

The Struggle to Overcome Postwar Nihilism

Seo Jae-gil (literary critic)

Lee Beomseon's "A Stray Bullet" is representative of Korean literature in the 1950s, that is, postwar literature created under the overwhelming influence of the Korean War. The war, a massive historical disaster that swept over the entire Korean peninsula, generated a tragic worldview for Korean authors in the 1950s. Combined with this nihilism originating from the war experience, existentialism prominent in the West greatly influenced Korean literature at that time, highlighting themes of animalistic instincts in human beings, mistrust in human relationships, and the collapse of belief in historical progress.

한 믿음의 붕괴와 같은 주제의식을 드러냈다. 대다수 전후 작가들이 이처럼 인간 실존의 근원적 불합리성을 삶의 보편적인 조건으로 파악하는 허무주의적 세계 인식에 빠져 있었음에 비해, 이범선은 인간의 실존적 조건을 인정하면서도 여기에서 벗어나기 위해 현실과의 고투를 보여준다는 점에서 다른 작가들과는 구별되는 특징을 지니고 있다. 그의 대표작인 「오발탄」은 바로 1950년대 문학이 전쟁의 상처에서 벗어나 현실을 서사적으로 그리려는 고투를 보여주고 있는 작품이라고 할 수 있다.

이 작품은 한국전쟁과 남북 분단 과정에서 월남한 실향민 가족의 비극을 그리고 있다. 이들 가족이 살고 있는 '해방촌'은 월남민들이 남산 기슭에 모여 살면서 만들어진 부락으로 이름과는 정반대로 전쟁과 분단의 상처를 고스란히 간직하고 있는 반어적 공간이다. 계리사로 일하면서 가족을 부양하는 주인공 철호에게는 폭격으로 인해 실성한 어머니, 만삭의 아내와 딸, 그리고 두 동생이 있다. 판자촌의 골목 바깥까지 울리는 "가자! 가자!"라는 어머니의 외침은 비참한 이곳에서 벗어나 행복했던 과거로 되돌아가고 싶어 하는 월남민들의 염원

Lee Beomseon, however, is different from many postwar writers who were staggering in nihilism, writers who accepted absurdity as a fundamental and universal human condition. Instead, his works show the struggle of people to overcome the existential human condition while at the same time acknowledging its absurdity and difficulty. "A Stray Bullet," Lee's best-known work, can be viewed as showing the vehement struggle of Korean literature in the 1950 to narratively depict reality beyond the trauma of the war.

"A Stray Bullet" depicts the tragic life of refugees who escaped the North both before and during the Korean War. Liberation Village, which these refugees have formed at the foot of Mt. Nam in Seoul, is an ironic place that bears the wounds of the war- in utter contrast to its name. The main character, Ch'ŏrho, is an accountant who supports his family of six: his mother, who became crazy during a bombing, his wife in her last month of pregnancy, his young daughter, and two younger siblings. His mother's cry of "Let's go!" rings in the alleyways, carrying the refugees' yearnings to get away from their wretched present and return to a happier past. Unlike Ch'ŏrho, who believes in an honest, lawful,

이 담겨 있다. 박봉에 시달리면서도 양심과 법률을 지켜면서 살아야 한다는 철호와는 달리 동생 영호는 양심 같은 것은 생존을 위해서는 거추장스러운 것이라는 생각을 갖고 있다. 게다가 여동생 명숙은 미군 장교에게 웃음을 파는 거리의 여자, 당시의 용어를 빌자면 '양공주'가 되어 있다. 밥 한 끼도 제대로 해결하지 못하는 궁핍한 생활 속에서 결국 영호는 강도짓을 하다 경찰서에 검거되고 철호가 동생의 면회를 간 사이에 아내는 둘째를 출산하다 죽고 만다. 명숙이 건네준 병원비를 손에 쥔 채 병원을 나선 철호는 치과에서 두 개의 어금니를 빼다가 과도한 출혈로 의식이 몽롱해지는 상태에서 어머니가 늘 외치던 "가자!"라는 말을 외치고 있다.

이상의 내용을 통해서 알 수 있듯 이 작품은 빈궁한 생활 속에서도 원칙과 양심을 지키려 하는 철호와 같은 인물이 절망할 수밖에 없는 전후의 비참한 현실을 그리고 있다. 현실을 바라보는 작가의 태도는 주인공 철호와 동생 영호가 벌이는 논쟁을 통해서 잘 드러난다. "양심이란 손끝의 가시"이고 "법률? 그건 허수아비 같은 것"에 불과하다는 영호와는 달리 철호는 사람이라면 지켜야 할 최소한의 도리가 있다고 믿고 있다. 둘의 논쟁

and conscientious life despite his pathetic salary, his younger brother Yŏngho doesn't mind abandoning "stuff...like conscience." In addition, Ch'ŏrho's younger sister Myŏngsuk has become a "whore for the Americans." In the end, Yŏngho is arrested in an armed robbery and Ch'ŏrho's wife dies during labor while Ch'ŏrho is on the way to see his brother in the police station. After leaving the hospital with the money Myŏngsuk gave for his wife's hospital fee, Ch'ŏrho goes to the dentist's office to get his molars taken out against his dentist's advice. While losing consciousness due to excessive bleeding in the dentist's office, Ch'ŏrho hears his mother shout again, "Let's go!"

"A Stray Bullet" offers a depiction of a wretched postwar reality, where a person like Ch'ŏrho, who tries to live conscientiously even in destitution, cannot help but despair. The author's attitude toward reality is clear in the debate scene between Ch'ŏrho and his brother Yŏngho. Unlike Yŏngho, who thinks that conscience is like "[a] thorn in your fingertip" and the law is "like a scarecrow," Ch'ŏrho believes in a minimum ethics to which a human being should hold. This debate does not end in either side's victory. However, Yŏngho's criticism of 1950s

은 어느 한쪽의 일방적인 승리로 귀결되지는 않는다. 그러나 법률과 도덕을 맹목적으로 고수하는 것만으로는 정상적인 삶을 영위하기 힘든 1950년대 한국 사회에 대한 영호의 비판은 경청할 부분이 있다. 딸이 그토록 갖고 싶어 하는 신발과 아내의 병원비는 결국 자신이 그토록 못마땅해하던 영호와 명숙의 주머니에서 나온 돈으로 해결될 수밖에 없는 사정도 철호의 논리가 설 자리를 잃게 만든다. 철호가 앓고 있는 치통이 현실의 간난신고를 견디는 소시민적 양심의 고통을 의미한다면, 작품의 마지막에서 철호가 굳이 두 개의 어금니를 빼고 과다출혈로 의식이 흐려져가는 모습은 소시민적 윤리의식을 고집해 온 지금까지와는 삶에 대한 모종의 결별 선언이라고 할 수 있다. 모순된 현실 속에서 소시민적인 양심의 틀에 구애되어 사는 삶과는 다른 그 어떤 삶에 대한 희구가 "가자!"라는 말을 되뇌는 것으로 이해되는 것이다. 그러나 해방촌에서 병원으로, 다시 경찰서로 어지럽게 이어지는 그의 혼란스런 외침에서 알 수 있듯 그 목적지는 아직 정해져 있지 않다. 이런 점에서 이 작품은 전후의 현실을 숙명적이고 체념적으로 관망하는 태도에서 벗어나는 모종의 결별 선언을 한 것으

Korean society cannot be ignored—where leading a regular life while simple-mindedly holding onto ethics and law is impossible. When Ch'ŏrho pays for his daughter's shoes and his wife's hospital fee with money that his prostitute sister Myŏngsuk earned, there is no place for his "ethics." If Ch'ŏrho's toothache signifies pain from his petty-bourgeois conscience, the ending in which Ch'ŏrho finally has his painful molars taken out and loses consciousness is a sort of parting declaration toward his life of petty-bourgeois ethics. And his repeated shouting of "Let's go!" can be understood as his yearning for a life different from simply holding onto the framework of conscience in such a complicated reality. However, as is shown in his confused shouting from Liberation Village to the hospital and from the hospital to the police station, his destination is yet to be decided. In this sense, although this story expresses a declaration of separation from the attitude of resignation that accepts postwar reality as destiny, the new direction it points to is unclear. Korean literature had to wait for the publication of Choi In-hun's *Kwangjang* [The Square] (1960) in order to go beyond postwar literature.

로 해석될 수 있지만, 그 방향성은 아직 불투명한 것으로 나타난다. 한국 소설이 '전후문학'의 꼬리를 떼기 위해서는 이 작품이 발표된 이듬해 새로운 세대의 작가 최인훈에 의해 『광장』(1960)이 출간되는 것을 기다려야 했던 것이다.

한편 이 작품은 유현목 감독에 의해 영화로 제작되어 1961년에 개봉되었으나 5·16 쿠데타 직후 상영중지 되었고, 소재가 어둡고 반사회적이라는 이유로 재검열 조치를 받았다. 특히 노모가 외치는 '가자'라는 대사는 당국에 의해 '친북'적 불온사상을 담은 것으로 간주되기도 했다. 샌프란시스코 영화제 출품을 계기로 상영중지 27개월 만인 1963년에 재개봉되면서 본격적으로 관객의 관심의 대상이 될 수 있었다. 영화는 소설의 주인공 철호의 비중을 줄이고 동생인 영호의 비중을 늘여 플롯을 다층화하는 한편 다양한 촬영 기법을 도입함으로써 전후 현실의 서사적 재현에 성공한 한국 리얼리즘 영화의 수작으로 평가받는다. 1984년 영화진흥공사의 '광복40년 베스트10'의 1위에 이어 1999년 KBS 선정 襴세기 한국 톱─영화' 1위, 1999년 MBC 선정 襴세기를 빛낸 한국영화 및 영화인 조사' 1위를 차지할 정도로 영화는 소

The film director Yu Hyŏn-mok adapted "A Stray Bullet," which was released in 1961. However, it was banned immediately after the May 16 military coup, when the authorities inspected it and judged it antisocial and too dark. In particular, the mother's phrase "Let's go" was considered pro-North Korean. The government allowed its release in Korea only in 1963, so that it might qualify for the San Francisco International Film Festival. This film is acclaimed for its realistic representation of postwar Korea through a multilayered plot, where Ch'ŏrho's and Yŏngho's roles are more balanced than in the short story, as well as the adoption of various cinema techniques. This film has been enjoying history-making fame—almost as much as, if not more than, the original short story. It has been ranked number one in three different lists: "Top 10 Films since the Liberation of Korea" by the Korea Film Council in 1984, "Korean Top Films in the 20th Century" by the Korean Broadcasting System in 1999, and the "Survey of Korean Films and Actors Who Brightened the 20th Century" by the Munhwa Broadcasting Corporation in 1999.

설만큼, 아니 소설 그 이상의 호평을 받으면서 한국의 문화예술사의 한 획을 그은 작품으로 평가받고 있다.

비평의 목소리

Critical Acclaim

이범선의 특색은 대부분의 평자들이 그의 대표작으로 들기를 주저하지 않고 있는「오발탄」에 가장 잘 나타나 있다. 짙은 리리시즘을 밑바닥에 깐 그의 회상적 취향, 얼마 되지 않는 봉급에 뿌리흑박테리아처럼 다닥다닥 매달린 식구들을 즐겨 보여주는 그의 소시민에 대한 완강한 집착, 그러면서도 양심이라는 가시를 끝내 빼버릴 수 없는, 아마도 틀림없이 기독교적 교육의 잔재(殘滓)인 듯한 도덕률, 이런 모든 그의 특성은「오발탄」에서 희귀하리만큼 완벽한 예술적 환치를 획득하고 있다. 얼핏 줄거리만을 따라간다면「오발탄」은 소위 사변 이후의 암담한 현실에 대한 격렬한 고발 문학이다. (……)

Lee Beomseon's authorial characteristics are clearly represented in "A Stray Bullet," which most critics name as one of his best works. His lyrical and meditative tendencies; his persistent interest in the petite bourgeoisie, holding onto their families and dependent on a tiny amount of salary the head of the household earns; and his ethics, which were probably formed under his Christian education and which can never allow him to renounce his conscience—all of these are embodied in "A Stray Bullet" to an exceptional level. On the level of plot alone "A Stray Bullet" is a fierce condemnation of the wretched reality after the Korean War. [...] All

모든 인물들은 그 자체가 부정부패와 생활에 대한 절망 때문에 정신적 지주를 잃은 사변 후의 현실에 대한 작가 나름의 독특한 고발이며 항변이다. 이러한 인물들의 항변을 통해서 작가가 표현하려고 하는 것은 현실의 우울하고 어두운 단면이 아니라, 그것을 이해하고 극복하려는 노력이다. 그러나 우리는 그의 그러한 노력이 화해적 결말을 얻기보다는 차라리 더욱더 처절하고 우울한 허무의 벽 안에 끼어들게 된다는 그런 인식을, 「오발탄」의 마지막 장면, 주인공인 송철호가 의사의 만류에도 불구하고 억지로 이를 두 개나 뺀 다음에 점점 실신하여가는 과정, 자동차 안에서 그의 인식을 스쳐 지나가는 모든 것을 무의식적으로 불러대는 그런 과정을 그린 그 마지막 장면에서는 너무나도 가슴 아프게 느껴야 되는데, 바로 그것 때문에 우리는 왜 선량한 소시민이 결국은 패배와 굴욕을 감수하게 되는가 하는 기본적인 문제에까지 도달하게 된다.

김현, 「소시민의 한계」, 『사회와 윤리』, 일지사, 1974

「오발탄」을 구축하는 여러 구성소 가운데 핵심적인 것은 '말없음'이다. 그들에게는 할 말도 하고 싶은 말도

his characters were themselves a condemnation of and protest against the postwar reality of corruption and injustice that forced people to lose their cherished values. Yet the focus of Lee's attention in this condemnation is not the gloomy and dark reality, but people's efforts to understand and overcome it. Nevertheless, at the end of this story, we are left with the protagonist imprisoned within the wall of even more wretched and gloomy nihilism, rather than his reaching a reconciliation with reality. With this heartbreakingly poignant ending, in which Ch'ŏrho gradually loses consciousness after having his teeth removed and unconsciously recalls all the things that cross his mind in the car, we end up asking the fundamental question of why an honest petty bourgeois has to endure so much defeat and humiliation.

Kim Hyun, "The Limits of a Petite Bourgeois,"
Society and Ethics (Seoul: Iljisa, 1974)

The most essential element in "A Stray Bullet" is aphasia—the traumatic lack of the ability to speak or understand language. Its characters no longer have anything to say or anything they want to say. They have lost words. They have also lost their

더 이상 없다. 말을 잃어버렸다. 말을 잃어버렸다는 것은 과거, 현재, 미래로 이어지는 정상적인 시간 감각을 잃어버리고 한 점 무시간적 존재로 사물화되었음을 의미한다. 그들은 인간이지만 이미 인간이 아니다. 그들은 한낱 사물로 굳어버렸다. (……)「오발탄」의 이 같은 실어의 형식은 역사의 폭력성, 현실 세계의 폭력성에 치여 설 곳도 갈 곳도 잃어버린 전후 월남민의 존재성을 그 어떤 말보다도 더 효과적으로 드러낸다. 전후의 폐허성을 압축적으로 담아내는 '말 잃음'은 전후소설의 공통된 형식이다. 출구를 잃어버린 시대, 거의 모든 가치 기준이 권위를 잃고 무너져버린 시대가 만들어낸 소설 형식이라 할 것이다. 전후소설 가운데 '말 잃음'의 형식이 가장 뚜렷하게 드러난 작품이 곧「오발탄」이니, 이 점에서 이 작품을 전후소설의 대표작이라 평가할 수 있는 것이다.

정호웅, 「실어(失語)의 형식 : 이범선의 「오발탄」론」,

『현대문학』 1998.4

이범선은 전후의 한국문학이 허무주의를 극복하고 잃어버렸던 서사성을 다시금 회복해 가는 과정에서 주

sense of time, which connects the present with the past and future, so that they have become objectified as timeless beings. In this sense, although apparently human beings, they are no longer human in the true sense of the word. [...] This aphasic reality reveals—better than any words—the form of existence that postwar refugees experienced after losing a place to stand on or go to, as a result of the violence in history and reality. This aphasia, symbolizing the postwar ruins, was a common form of postwar fiction in Korea. It is a fictional form that the time created—a time without a way out, a time when all values collapsed. Since "A Stray Bullet" is the work in which this form of aphasia was the most prominent, we can call it *the* most representative work of postwar Korean fiction.

Jeong Ho-ung, "The Form of Aphasia: Lee Beomseon's 'A Stray Bullet'," *Hyundae Munhak* [Modern Literature], April 1998

Clearly, Lee Beomseon played a major role in postwar Korean literature's recovery of a narrative quality after its phase of nihilism. In particular, his sharp criticism of class inequality, economic poverty, and reification under capitalism was a precious

도적 역할을 한 작가 중의 하나임에 틀림없다. 특히 자본주의가 빚어낸 계급적 불평등이라든가 경제적 궁핍 혹은 사물화 현상에 대한 예리한 비판은 1960년대 이후의 한국문학이 발전적으로 계승해 나간 소중한 문제의식이었다. 그러나 동시대의 작가들 가운데 누구보다 결별의 모티프를 날카롭고도 전면적으로 표현한 점이야말로 이범선 문학의 가장 중요한 성취라 하지 않을 수 없다. 이 결별의 모티프가 1950년대 전반기와 후반기의 문학을 가르는 분기점이었기 때문이다. 그런 점에서 이범선 문학은 소설사적으로 볼 때 한국 소설이 '전후소설'의 허무주의를 극복하고 새로운 문학적 길로 전진하는 데 있어서 징검다리의 의미를 갖는다고 할 수 있을 것이다.

하정일, 「1950년대 소설의 성격과 이범선 문학」,

『분단자본주의 시대의 민족문학사론』, 소명출판, 2002

legacy as Korean literature advanced during the 1960s. However, Lee Beomseon's most important achievement was his acute and sweeping expression of the motif of separation, a motif that distinguished the second from the first half of the 1950s. In this sense, Lee Beomseon's literature is like a bridge, enabling postwar Korean literature to move from nihilism toward its next stage.

Ha Jeong-il, "The Character of 1950s Korean Fiction and Lee Beomseon's Literature," *A Treatise on the History of National Literature in an Age of Territorial Division and Capitalism*

(Seoul: Somyŏng, 2002)

이범선

이범선은 1920년 12월 30일 평안남도 안주군 신안주에서 지주 집안의 아들로 태어났다. 진남포공립상공학교 졸업 후 금융조합에서 근무하던 그는 해방 후 북한에서 토지개혁이 시작되자 월남한 뒤 1952년 동국대학교 국어국문학과를 졸업하고 거제고, 대광고, 숙명여고 교사로 근무하였다. 거제고 교사로 근무하던 1955년 「암표」와 「일요일」이 《현대문학》에 김동리에 의해 추천되면서 소설가로 등단하게 된다. 이후 「학마을 사람들」(1957), 「갈매기」(1958), 「오발탄」(1959) 등을 발표하여 문단에서 입지를 굳히게 되고 문학사에서는 전후소설을 대표하는 작가의 한 사람으로 평가받게 되었다. 그의 작품은 「학마을 사람들」처럼 민족공동체의 정신 회복을 주제로 한 것과 「미꾸라지」 「오발탄」 등과 같이 사회 비판적 안목을 드러낸 것으로 대별된다. 특히 월남 작가로서의 상실감과 향수, 남한 사회에 정착하면서 느낀 비애감은 그의 소설의 주조음을 이루고 있는 것으로 평가받고 있다.

Lee Beomseon

Lee Beomseon was born in a landowner's family in Sinanju, Pyeongannam-do in 1920. After graduating from Chinnamp'o Public Commercial and Mechanical School, he worked as a clerk in a credit union. After the liberation of Korea, he went to the South during the land reform in North Korea. After graduating from Dongguk University with a major in Korean literature in 1952, he taught at Kŏje High School, Taegwang High School, and Sungmyŏng Girls High School. He made his literary debut in 1955 when his short stories "Amp'yo" [A Scalper's Ticket] and "Iryoil" [Sunday] were published in *Hyundae Munhak* [Contemporary Literature] through Kim Tong-ni's recommendation. He continued to produce such critically acclaimed short stories as "Hak maul saram tŭl" [The People of Crane Village] (1957), "Kalmaegi" [The Seagull] (1958), and "A Stray Bullet" (1959), establishing himself as one of the most representative of the generation of fiction writers. His works are divided roughly into two categories: works that deal with the recovery of a

한국외국어대학교 및 한양대학교 교수, 한국문인협회 부회장, 예술원 회원을 역임하였고, 창작집으로는『학마을 사람들』『오발탄』『피해자』『분수령』등이 있다. 첫 창작집『학마을 사람들』로 1958년 제1회 현대문학상 신인문학상을 수상하였고, 1961년 제5회 동인문학상에서「오발탄」이 당선자 없는 최종 후보작에 선정되었고 1962년 5월 문예상 장려상을 수상하였다. 1970년에는「청대문집 개」(1970)로 제5회 월탄문학상을 수상하였다.

national communal spirit, like the "The People of Crane Village," and works that contain harsh social criticism, like "Mikkuraji" [Mudfish] and "A Stray Bullet." The keynote of his fiction is generally understood to be his sense of loss and longing as a refugee from North Korea and the pathos he felt during his settlement in South Korea.

He worked as a professor at Hankuk University of Foreign Studies and Hanyang University, served as vice-president of the Korean Writers Association, and was a member of the National Academy of Arts. His short-story collections include *The People of Crane Village*; *A Stray Bullet*; *P'ihaeja [The Victim]* ; and *Punsuryŏng [The Watershed]*. He won the 1958 *Hyundae Munhak* New Writer Award for *The People of Crane Village*, and was shortlisted for the 1961 Dong-in Literary Award, where there was no winner, with "A Stray Bullet." He also won the Literature and Arts Award Encouragement Prize in May 1962, as well as the fifth Wŏlt'an Literary Award with "Ch'ŏngdaemun chip kae" [The Dog in the House with the Blue Door] in 1970.

번역 **마샬 필** Translated by Marshall R. Pihl

마샬 필은 1957년 서울에 주둔하고 있던 한국 군사고문단의 공보장교로 배치되었을 때 처음으로 한국을 접했다. 1960년 하버드대학교를 졸업하고 월간지인 《사상계》의 연구부에 합류하기 위해서 한국에 갔고, 사상계사에서 잡지사의 직원들의 후견 아래 논문과 사설 등을 영역했다. 2년 후 서울대학교에 입학해 한국어와 문학을 공부했고, 1965년 서울대학교에서 석사 학위를 받은 최초의 서양인이 되었다. 이어서 한국의 구전서사인 판소리에 관한 논문으로 하버드대학교에서 박사 학위를 받았다. 한국 현대문학 최초의 영문 선집 《한국에 귀 기울이기》(1973)를 편집했고 오영수의 단편집인 《착한 사람들》(1986)을 번역했으며 한국소설 선집 《유형의 땅: 현대 한국 소설》(1993)을 공역했다. 그 외에도 1994년 하버드대학교에서 그가 쓴 최초의 영문 판소리 연구서 《한국 민담 가수》가 나왔다. 하버드대학교에서 한국문학 전임강사와 여름학교 학장을 지낸 뒤 1995년 사망시까지 하와이대학교에서 한국문학을 가르쳤다.

Marshall R. Pihl saw Korea for the first time as a soldier in 1957, when he was assigned to the Public Information Office of the Korean Military Advisory Group in Seoul. Upon graduation from Harvard College in 1960, he returned to join the research department of the monthly journal *World of Thought* (Sasanggye), where he translated articles and editorials into English under the tutelage of the magazine's staff. Two years later, he entered Seoul National University to study Korean language and literature, emerging in 1965 as the first Westerner to have earned a master's degree there. Subsequent study led to the Harvard Ph.D. for a dissertation on the Korean oral narrative *p'ansori*. He edited one of the first English-language anthologies of contemporary Korean literature, *Listening to Korea* (Praeger, 1973); translated a collection of stories by Oh Young-su, *The Good People* (Heinemann Asia, 1986), co-translated the anthology *Land of Exile: Contemporary Korean Fiction* (M.E. Sharpe, 1993); and wrote the first English-language study of *p'ansori, The Korean Singer of Tales* (Harvard University Press, 1994). After serving as a Senior Lecturer on Korean Literature and Director of the Summer School at Harvard, he taught Korean Literature at the University of Hawai'i until his passing in 1995.

감수 **브루스 풀턴** Edited by Bruce Fulton

브루스 풀턴은 한국문학 작품을 다수 영역해서 영미권에 소개하고 있다. 『별사-한국 여성 소설가 단편집』 『순례자의 노래-한국 여성의 새로운 글쓰기』 『유형의 땅』(공역, Marshall R. Pihl)을 번역하였다. 가장 최근 번역한 작품으로는 오정희의 소설집 『불의 강 외 단편소설 선집』, 조정래의 장편소설 『오 하느님』이 있다. 브루스 풀턴은 『레디메이드 인생』(공역, 김종운), 『현대 한국 소설 선집』(공편, 권영민), 『촛농 날개-악타 코리아나 한국 단편 선집』 외 다수의 작품의 번역과 편집을 담당했다. 브루스 풀턴은 서울대학교 국어국문학과에서 박사 학위를 받고 캐나다의 브리티시컬럼비아 대학 민영빈 한국문학 기금 교수로 재직하고 있다. 다수의 번역문학기금과 번역문학상 등을 수상한 바 있다.

Bruce Fulton is the translator of numerous volumes of modern Korean fiction, including the award-winning women's anthologies *Words of Farewell: Stories by Korean Women Writers* (Seal Press, 1989) and *Wayfarer: New Writing by Korean Women* (Women in Translation, 1997), and, with Marshall R. Pihl, *Land of Exile: Contemporary Korean Fiction*, rev. and exp. ed. (M.E. Sharpe, 2007). Their most recent translations are *River of Fire and Other Stories* by O Chŏng-hŭi (Columbia University Press, 2012), and *How in Heaven's Name: A Novel of World War II* by Cho Chŏngnae (MerwinAsia, 2012). Bruce Fulton is co-translator (with Kim Chong-un) of *A Ready-Made Life: Early Masters of Modern Korean Fiction* (University of Hawai'i Press, 1998), co-editor (with Kwon Young-min) of *Modern Korean Fiction: An Anthology* (Columbia University Press, 2005), and editor of *Waxen Wings: The* Acta Koreana *Anthology of Short Fiction From Korea* (Koryo Press, 2011). The Fultons have received several awards and fellowships for their translations, including a National Endowment for the Arts Translation Fellowship, the first ever given for a translation from the Korean, and a residency at the Banff International Literary Translation Centre, the first ever awarded for translators from any Asian language. Bruce Fulton is the inaugural holder of the Young-Bin Min Chair in Korean Literature and Literary Translation, Department of Asian Studies, University of British Columbia.

바이링궐 에디션 한국 대표 소설 110
오발탄

2015년 1월 9일 초판 1쇄 발행

지은이 이범선 | **옮긴이** 마샬 필 | **펴낸이** 김재범
감수 브루스 풀턴 | **기획위원** 정은경, 전성태, 이경재
편집 정수인, 이은혜, 김형욱, 윤단비 | **관리** 박신영
펴낸곳 (주)아시아 | **출판등록** 2006년 1월 27일 제406-2006-000004호
주소 서울특별시 동작구 서달로 161-1(흑석동 100-16)
전화 02.821.5055 | **팩스** 02.821.5057 | **홈페이지** www.bookasia.org
ISBN 979-11-5662-067-9 (set) | 979-11-5662-087-7 (04810)
값은 뒤표지에 있습니다.

Bi-lingual Edition Modern Korean Literature 110
A Stray Bullet

Written by Lee Beomseon | **Translated by** Marshall R. Pihl
Published by Asia Publishers | 161-1, Seodal-ro, Dongjak-gu, Seoul, Korea
Homepage Address www.bookasia.org | **Tel**. (822).821.5055 | **Fax**. (822).821.5057
First published in Korea by Asia Publishers 2015
ISBN 979-11-5662-067-9 (set) | 979-11-5662-087-7 (04810)

한국문학의 가장 중요하고 첨예한 문제의식을 가진 작가들의 대표작을 주제별로 선정!
하버드 한국학 연구원 및 세계 각국의 한국문학 전문 번역진이 참여한 번역 시리즈!
미국 하버드대학교와 컬럼비아대학교 동아시아학과, 캐나다 브리티시컬럼비아대학교 아시아
학과 등 해외 대학에서 교재로 채택!

바이링궐 에디션 한국 대표 소설 set 1

분단 Division

산업화 Industrialization

여성 Women

바이링궐 에디션 한국 대표 소설 set 2

자유 Liberty

금기와 욕망 Taboo and Desire

바이링궐 에디션 한국 대표 소설 set 6

운명 Fate

미의 사제들 Aesthetic Priests

식민지의 벌거벗은 자들 The Naked in the Colony